R
DRLF

LE DÉJEUNER
DES BARRICADES

PAULINE DREYFUS

LE DÉJEUNER
DES BARRICADES

roman

BERNARD GRASSET
PARIS

pp. 108 et 115 : Patrick Modiano, *La Place de l'Étoile*,
© Éditions Gallimard.

Photo de la bande : © JF Paga

ISBN : 978-2-246-81347-7

À Danielle, pour son enthousiasme

À Franka, pour sa confiance

À Aude, pour sa fidélité

« Charles-Arthur avait beau écarquiller
les yeux, fixer les grilles fermées
des usines, les banderoles de couleur,
l'air goguenard des ouvriers,
il ne parvenait pas à voir l'Histoire.
— Mais là, regarde, fais un effort,
disait Régine.
Il tournait la tête.
Trop tard, l'Histoire avait filé. »

Erik ORSENNA,
La Vie comme à Lausanne
(prix Roger-Nimier 1978)

Cette journée sera la sienne. D'ailleurs le ciel est de son côté qui, jusqu'à hier encore, n'en finissait pas d'afficher des teintes blêmes d'automne. Une lumineuse journée de printemps s'annonce. Le soleil dispense à nouveau ses caresses. Il était temps. Qu'on ne s'étonne pas, après un début de mois de mai tellement maussade et pluvieux, d'avoir si souvent entendu dire que le soleil n'était nulle part, sauf dans les têtes.

Oui, cette journée sera la sienne. Et il ne laissera personne la ternir, ni la dévoyer par des reproches, ni l'abîmer par des regrets. Aussi Roland Dutertre, maître d'hôtel en chef à l'hôtel Meurice, et par ailleurs représentant syndical du personnel, évite-t-il depuis qu'il a pris son service de croiser le regard de son collègue concierge, dans lequel il aurait décelé une gamme complexe de sentiments allant de la honte à la fureur.

Les clients sont un peu plus nombreux chaque jour à venir se plaindre auprès du concierge.

Dès le lever du jour, ils affluent devant le grand comptoir de marbre, prennent un ton exaspéré. *Un raffut pas possible! Nous n'avons pas pu fermer l'œil de la nuit!* Ceux surtout dont les chambres donnent sur le jardin des Tuileries affichent les yeux cernés et le teint brouillé des victimes de l'insomnie. Le concierge n'en peut plus d'expliquer que ce n'est pas sa faute si, les poubelles ayant cessé d'être ramassées depuis le début de la grève générale, les rats dansent la sarabande sur les trottoirs de Paris. Il y en a toujours un dont l'humeur est plus vinaigrée que celle des autres, un grincheux de compétition qui en profite pour déclarer *qu'au prix où l'on paye les chambres, on est en droit d'attendre mieux* – propos émis d'une voix forte, à la cantonade, qui mettent le concierge au supplice.

Lorsque, faute de transports en commun, tous les habitants de la ville s'étaient rués sur leurs véhicules, provoquant des embouteillages monstres, les mêmes clients avaient dénoncé le vacarme des klaxons agressifs, des moteurs tournant à l'arrêt, des coups de sifflet lancés par des quidams auto-proclamés agents de la circulation – l'insupportable concert qui leur vrillait les oreilles. Maintenant qu'on ne trouvait plus une goutte d'essence et que la capitale était devenue silencieuse, livrée aux marcheurs et aux cyclistes, plus personne ne pouvait ignorer le tintamarre nocturne des rongeurs qui

se vautraient au milieu des immondices. Les nuisances sonores se succédaient. Et dans un palace
dont la fierté première était de promettre à ses
clients confort et quiétude, cet ultime avatar de la
crise politique qui avait commencé au début du
mois n'était pas le moindre.

Dix jours déjà que le concierge enregistre des
plaintes et essuie des reproches. Dix jours que les
clients le crucifient. Sa fonction le place en première ligne de l'armée invisible qui fait marcher
l'hôtel. À lui, les premiers tirs ennemis, quand les
planqués de l'arrière, marmitons et autres femmes
de chambre, sont épargnés par la litanie des
récriminations.

Qu'il semble loin le temps où des souverains en
exil se sentaient si bien au Meurice qu'ils s'y ins-
tallaient pendant des mois, atténuant la nostalgie
du pays abandonné en remeublant leur suite avec
leurs propres effets, prenant leurs repas dans la
vaisselle qu'ils avaient toujours connue. Ni le sul-
tan de Zanzibar, ni le maharadjah de Kapurthala,
ni le bey de Tunis, ni le roi du Monténégro, ni le
roi Alphonse XIII, tous ces noms exotiques qui
donnaient au personnel l'impression de voyager
sans avoir besoin de quitter Paris, n'étaient plus
là, hélas, pour accabler le personnel de compliments et de pourboires.

Lucien Grapier, en ce matin du mercredi
22 mai 1968, fait une fois de plus face à des

13

clients exaspérés, qui lui demandent quand *tout ce cirque* va cesser, comme s'il était à la tête du gouvernement ou de la préfecture de police. En vingt ans de maison, jamais il n'a dû subir une telle hargne. Celle des milliardaires refusant de quitter leur suite pour ne pas tomber sur un de ces jeunes gens chevelus et débraillés qui veulent liquider le capitalisme. Celle des touristes contraints à l'oisiveté car les musées se sont, eux aussi, mis en grève (*c'est bien la peine d'être à deux pas du Louvre,* râlent-ils), tout comme les théâtres et le palais Garnier. Celle des clients qui s'étonnent que le groom n'ait pas déposé la presse devant leur porte comme chaque matin, et à qui il faut expliquer qu'aucun quotidien ne paraît, et qu'hélas, la direction de l'hôtel n'a pas songé à pourvoir chaque chambre d'un poste de radio. Celle des journalistes américains venus couvrir la conférence de paix sur le Viêtnam qui vient de démarrer au Majestic, soudain pris en otage par la grève générale.

Aussi les clients viennent-ils voir le concierge comme on regarde l'ORTF : pour savoir où en est la situation.

Au fil des jours, son discours n'a pas changé. Il essaie de se montrer rassurant. Leur rappelle que les affrontements ont lieu de l'autre côté de la Seine et que, par bonheur, la rive droite n'est pas le théâtre de cette guérilla urbaine qui, chaque nuit, prend de l'ampleur. Se garde bien sûr de leur dire qu'à l'heure où il leur parle, la paralysie du pays est telle qu'on ne voit pas ce qui pourrait y mettre fin. À quoi bon affoler des clients qui de toute façon ne peuvent quitter ni l'hôtel, ni la France.

Du fond du hall où, à toute heure de la journée, les lustres à pampilles en faux Louis XVI éclaboussent le marbre crème du sol, Roland l'observe. Et réprouve en silence les élans serviles de son collègue, qu'il juge franchement déplacés un jour comme aujourd'hui. Qu'il lève les yeux et bombe le torse, que diable. Le temps des larbins est révolu.

Un client exaspéré finit par prononcer une phrase aussi ancienne que l'existence des palaces.

— Je veux parler au directeur !

— Il n'y a plus de directeur, est obligé d'avouer le concierge, rouge de confusion, qui précise : Depuis hier soir, l'hôtel est occupé par le personnel.

Il a annoncé la nouvelle d'un ton qui laisse à penser qu'il désapprouve de tout son cœur ce qui est en train de se produire.

La tour Eiffel ne s'est pas édifiée sans râles. Le progrès ne fait jamais taire tous les soupirs. Roland décide d'ignorer Lucien et sa tiède participation à cette journée historique.

15

Non, s'entête le délégué syndical qui poursuit son inspection des salons du rez-de-chaussée, rien ne viendra ternir cette journée, pas même les regards méfiants que lui adressent depuis le début de la matinée les quelques clients qui ont été mis au courant, comme si quelqu'un leur avait soufflé qu'ils demeuraient à l'emplacement même où, en 1793, le Tribunal révolutionnaire avait condamné Louis XVI à mort – ce que se gardait bien de mentionner le dépliant officiel de l'hôtel.

D'ailleurs un concert de voix féminines, aux intonations proches de l'hystérie, s'échappe d'un couloir situé derrière la conciergerie. Avant même d'avoir avalé une gorgée de thé et grignoté un toast, les clientes ont fait la queue devant le bureau où se situe le coffre-fort, ayant un besoin urgent de récupérer leurs bijoux, comme si le Bal des Petits Lits blancs avait lieu le soir même : c'est que, en ces temps troublés, elles redoutent à présent moins les rats d'hôtel que le personnel en révolte. Chaque révolution, c'est bien connu, entraîne son lot de pillages.

Jusqu'à hier soir, les clients avaient pu se persuader qu'au Meurice, le siècle ne les bousculerait pas. Que dans ce palace on continuerait à être servi sur des nappes damassées, que le vin y serait toujours chambré dans du baccarat transparent, qu'on pourrait longtemps encore hésiter sur la carte entre le bœuf Stroganoff et le colin sauce hollandaise – quand, partout ailleurs, des Français paniqués faisaient la queue devant les magasins d'alimentation en prévision d'une possible pénurie, quand la mémoire collective remontait vers le temps de l'Occupation, vers les souffrances et les ingéniosités du marché noir.

Car en dépit des troubles, le grand paquebot de la rue de Rivoli semblait suivre son cours habituel. On y était servi avec courtoisie et rapidité. Grâce aux camions militaires gratuits mis en place par le gouvernement, les employés vivant en banlieue parvenaient à se rendre chaque jour dans la capitale. Ceux qui habitaient trop loin couchaient la nuit sur les canapés des salons. La direction avait mis des salles de bains à leur disposition. Dans les vestiaires de l'hôtel, ils enfilaient comme chaque matin leur uniforme.

Mais voilà : même Le Meurice a cessé d'être ce havre de quiétude boudé par les révolutionnaires.

Ce qui, c'est naturel, provoque un émoi certain auprès de la clientèle. Comme dans tous les hôtels du monde, les clients se connaissaient de vue, à force de se croiser sans cesse, de voisiner dans la salle à manger, de réclamer un taxi au même moment. Mais, comme dans tous les hôtels du monde, ils ne se parlaient pas, affectant entre eux l'indifférence qu'exigeait leur bonne éducation.

La nouvelle de ce matin a bouleversé leurs relations. Ils ont cessé de s'ignorer. Ils s'adressent enfin la parole, unis par la même anxiété. Dans le salon Tuileries, qu'éclabousse un immense tapis rouge et or de la manufacture d'Aubusson, dans le salon Pompadour ceint de boiseries blanches et dorées et ponctué de pilastres de marbre, et même dans le salon des Quatre Saisons, que la direction vient de redécorer dans des tonalités criardes à la mode, des groupes se sont formés, mêlant touristes étrangers, hommes d'affaires, jeunes ménages en lune de miel. Pour la plus grande satisfaction de Roland, qui voit dans cette fraternisation inédite l'une des conséquences heureuses de la motion votée la veille.

Quand Roland réfléchit aux événements de ces dernières heures, la seule ombre à ce matin glorieux est ce regret qui lui pince le cœur : celui de ne pouvoir raconter cette journée à son père, qui l'avait porté sur ses épaules pour assister aux meetings de Léon Blum, qui lui avait appris les paroles de *L'Internationale* et avait cultivé jusqu'à son dernier souffle la nostalgie du printemps 1936. Ce joli mois de mai où la grève, menée par celui que tous ses collègues de l'usine de Béthune avaient surnommé Émile le Rouge, avait pris une allure de kermesse, où, au lieu du fracas des machines, on s'était mis à entendre de la musique, des chants et des rires. Il était mort depuis longtemps, emporté par un fulgurant cancer des poumons. Les vapeurs de l'usine, avaient dit les médecins. À l'heure de gagner sa vie, le fils avait choisi l'hôtellerie : l'air y était plus pur que dans la métallurgie.

Si on avait dit à Émile Dutertre qu'un jour en France, de nouveau, les usines seraient occupées, que le pays serait paralysé, que le gouvernement serait au bord de la démission, il ne l'aurait pas cru.

Et pourtant, voilà où on en était.

La vie vous fait de ces cadeaux.

Depuis le 13 mai, à l'initiative de Roland qui était leur élu, le personnel se réunissait chaque matin en assemblée générale.

C'était pour les employés une révolution à plus d'un titre.

Pour la première fois, ils avaient le droit d'être assis. Assis ! Quand l'essence même de leur métier était de ne pas l'être ! Debout les cuisiniers et les marmitons derrière les fourneaux, debout les femmes de chambre qui tendaient les draps, secouaient les oreillers, récuraient les baignoires, debout les grooms qui guettaient les voyageurs avec leurs valises, debout le concierge qui était chargé de recueillir les doléances mais aussi de satisfaire les désirs, debout les maîtres d'hôtel qui demandaient si l'eau serait plate ou pétillante, le beurre doux ou salé, debout le sommelier qui commentait la carte des vins, sachant bien que les fortunes récentes n'y connaissaient rien. À leurs collègues qui ne pratiquaient que la position verticale, et savaient bien que dans un hôtel seul le client peut s'asseoir, les délégués syndicaux avaient tendu des chaises, offert des verres d'eau, proposé des cendriers. Ils avaient mis plusieurs minutes à les accepter. Avaient ensuite écouté les revendications de leurs représentants, le postérieur hésitant à s'affaler franchement sur les sièges tendus de velours garance et souffrant de cette position incommode – sidérés par leur témérité nouvelle.

Non seulement, ils étaient assis, mais en plus ils parlaient. Deuxième entorse à leur métier. Car ce que les clients, et donc leur direction, appréciaient chez eux, c'était leur discrétion. Peu de gestes. Le regard transparent. Le moins de mots possible. Des questions brèves (*Préférez-vous que votre petit déjeuner soit servi dans votre chambre?*), des réponses laconiques (*Avec plaisir Madame* ou *Je m'en occupe Monsieur*). Un personnel stylé est celui qu'on voit à peine et qu'on entend rarement; il cultive sa lointaine parenté avec les fantômes.

Or depuis le début de la grève générale, les syndicats de la maison leur enjoignaient, chaque jour, de s'exprimer. De se défouler. De revendiquer. Empêtrés dans leurs habitudes professionnelles, les employés avaient d'abord écouté timidement les harangues de leurs représentants.

— Solidarité avec les étudiants, insistait Roland, dont le fils aîné arrachait, nuit après nuit, les pavés du boulevard Saint-Michel pour édifier des barricades.

Après un long silence, les employés s'étaient lancés.

— On veut être respectés davantage, avait osé le sommelier d'étage.

— Retrouver notre dignité, avait renchéri un chasseur.

— Gagner en considération, avait approuvé une femme de chambre.

— Que notre travail soit mieux valorisé, avait ajouté le chef saucier.

— Votons une motion, avait conclu Roland.

Cela ne faisait pas des revendications très précises mais Roland avait estimé que c'était un bon début. De grève, il n'était pas question. Que seraient devenus les habitants des cent soixante chambres de l'hôtel ? On ne cesse pas le travail dans un palace comme sur une chaîne de l'usine Renault.

Plusieurs jours durant, ils avaient néanmoins continué les palabres, prenant peu à peu goût à ces discussions sans but qui leur donnaient l'impression de participer au grand mouvement contestataire qui s'amplifiait dans la capitale, et au-delà. C'était une sorte de thérapie collective sans conséquence, un exutoire à des frustrations dont ils ignoraient encore l'existence au mois d'avril.

Il va de soi que le directeur de l'établissement n'était jamais convié. Il devait se résoudre à voir ses employés quitter leur poste chaque jour pour s'enfermer à l'office. Et il ne pouvait s'empêcher de traîner devant la porte, transpirant d'inquiétude, à l'heure où son personnel se réunissait : cet homme qui avait des lettres savait qu'à la rédaction des cahiers de doléances avaient succédé la prise de la Bastille puis la guillotine ; et que l'histoire d'un pays, le plus souvent, n'est qu'une éternelle répétition.

Hier soir pourtant, les événements se sont accélérés. La contagion tant redoutée par le directeur s'est produite. Les collègues du Plaza et du George-V s'étaient pavanés devant les caméras pour expliquer qu'ils venaient de prendre possession des lieux, suite à la création d'un comité de salut public dirigé par le concierge en chef. Que le personnel assurait néanmoins le travail. Et que le roi Hussein et le prince de Grèce, qui demeuraient en ce moment même à l'hôtel, n'en seraient pas affectés. Pour fêter cette décision, le personnel du palace avait aussitôt été manifester en uniforme avenue Montaigne, réclamant la sécurité de l'emploi.

— On a les Sorbonne qu'on peut ! avait persiflé Denise Prévost, dame vestiaire au Meurice, qui ne venait aux assemblées générales qu'avec de visibles réticences.

Ce désordre général, cette colère bruyante, elle les réprouvait. C'est que son mari travaillait dans la police et que, chaque nuit, elle redoutait que son bouclier en plastique soit insuffisant pour se protéger des pavés valsant dans les rues du Quartier latin.

— Au Plaza, avait poursuivi Roland, ils ont ouvert un livre d'or où tous les clients peuvent signer pour exprimer leur approbation. Le Premier ministre du roi de Jordanie et l'armateur Goulandris ont été les premiers signataires.

Les collègues avaient accueilli ces informations dans un silence consterné. Il était d'usage dans ces hôtels de luxe de revendiquer la fidélité d'une clientèle prestigieuse ; éventuellement de détourner celle des concurrents. Avec ce livre d'or d'un genre nouveau, le Plaza avait réussi une formidable opération de publicité : il allait dans le sens de l'Histoire tout en faisant au passage connaître le nom de ses clients. Bref, la maison ennemie chatouillait leur orgueil comme jamais.

À ceux de ses collègues qui hésitaient encore, Roland servit l'argument ultime :

— Depuis hier, même les Folies-Bergère sont occupées par le personnel. Ce que les filles à plumes peuvent faire, je ne vois pas pourquoi nous n'en serions pas capables. Sinon nous allons passer pour les derniers des Mohicans. Votons une motion !

À Lucien Grapier, le concierge, qui, manifestement heurté par ce qui se passait, avait fait remarquer que l'autogestion faisait penser aux usines de bicyclettes en Yougoslavie, que vraiment, Le Meurice était d'un tout autre standing, et qu'une telle mesure lui ferait perdre en magie et en dignité, il répliqua que les clients seraient toujours logés, nourris et blanchis, et qu'ils pâtiraient moins de l'autogestion que des rats.

À Denise Prévost, qui se montrait franchement hostile à cette remise en cause de la hiérarchie sans quoi l'hôtel ne pouvait fonctionner, et qui faisait remarquer que personne n'avait lieu de se plaindre de la direction, il rétorqua que le paternalisme avait vécu et qu'il était temps de célébrer l'utopie.

Roland était si convaincu que cette chance de faire entrer l'hôtel dans l'Histoire ne se représenterait plus qu'il aurait trouvé une réponse à n'importe quelle objection.

Éberlué par sa propre audace, le personnel avait voté à une franche majorité l'occupation de l'hôtel par le personnel. Roland avait pensé à son père ; mais comme il n'était pas croyant, il ne pensait pas que les âmes survivent. Sa joie aurait pourtant été complète s'il avait pu se dire que de là-haut, il se réjouissait autant que lui. Il avait aussi eu une pensée pour son fils, qui plusieurs fois lui avait répété *Je ne serai jamais un larbin comme toi*. Roland avait accompli son rêve : il n'y avait plus de larbins et plus de chefs.

En ce matin du 22 mai, Le Meurice est donc, comme tant d'autres entreprises dans tout le pays, occupé par son personnel.

À vrai dire, cette gouvernance nouvelle n'est pas visible à l'œil nu. L'hôtel ressemble plus que jamais à une ruche industrieuse. C'est une ville dans la ville. Les garçons d'étage, passant devant des portes où des paires de souliers rutilants attendent de retrouver leur propriétaire, foulent la moquette épaisse des couloirs en pliant les genoux comme des bébés girafes, avachis sous le poids des lourds plateaux en argent chargés de théières brûlantes et de marmelades d'agrumes ; les lingères continuent de repasser les draps et les fines serviettes de baptiste ; en cuisine le chef s'inquiète des approvisionnements à venir ; dans le hall d'entrée la porte à tambour provoque de molles bousculades aussitôt suivies d'excuses proférées en différentes langues – quand, dans les usines où la production est arrêtée, les ouvriers jouent aux cartes et organisent de joyeux barbecues pour passer le temps.

Au Meurice, seuls les chasseurs sont condamnés au chômage technique et errent, désœuvrés, dans leurs livrées rouges inutilement voyantes : à quoi bon guetter les taxis rue de Rivoli, rue de Castiglione ou rue du Mont-Thabor puisque eux aussi se sont mis en grève hier ? À quoi bon attendre des valises puisque plus personne n'arrive ?

Le directeur, qui ce matin ne l'est plus, tourne en rond dans son bureau situé à l'entresol. Dans la pièce mitoyenne, sa secrétaire se lime les ongles avec application. Il sait bien que la situation aurait pu être pire. Qu'il aurait pu, comme certains patrons dans des usines où la lutte des classes avait flirté avec la violence, être molesté puis, au choix, séquestré dans son bureau ou au contraire prié de déguerpir au plus vite. Que les employés auraient pu céder à la tentation d'imiter ceux du palais Garnier, qui avaient défiguré la façade du monument en y accrochant une banderole où l'on pouvait lire : « Grève illimitée Satisfaction de nos revendications ». Qu'il aurait pu soudain croiser des employés qui, au nom de l'utopie égalitariste, se seraient mis à le tutoyer et à l'appeler par son prénom.

Le chahut, le boucan, le grabuge, ce n'est heureusement pas le genre de la maison. Dans l'hôtellerie on a des manières, et nul employé de l'établissement n'aurait eu l'audace de le priver de son titre ou d'abandonner le voussoiement.

Mais enfin, s'il regarde les choses en face, la conclusion est sans appel : toutes ses prérogatives sont contestées. Il n'est plus rien.

Ce qui l'ennuie le plus dans cette affaire, c'est la perte de prestige qu'il va connaître auprès de son nouveau stagiaire. L'actionnaire principal vient de lui confier son petit-fils (*la prunelle de mes yeux,* a dit le vieil homme qui par ailleurs a quatre filles), un tout jeune garçon fraîchement diplômé des Hautes Études commerciales qui vient effectuer ici son stage de fin d'études avant de rejoindre la société familiale. *Le terrain avant tout,* avait dit l'aïeul à sa descendance. *Ne le ménagez pas,* avait-il ajouté à l'intention du directeur, *je veux qu'il apprenne le métier en commençant au bas de l'échelle.*

Mais comment occuper un stagiaire quand on n'a soi-même plus rien à faire ?

Le directeur, donc, s'ennuie à périr. Roland, parlant au nom de ses collègues, a été très clair : les décisions se prendront dorénavant sans lui (*Monsieur le directeur, je n'y peux rien, c'est la loi de la majorité : la motion a été votée à plus de quatre-vingts pour cent*). Il s'agit, a ajouté le représentant du personnel, de *rendre le pouvoir à la base.* Le directeur l'a toisé, gardant pour lui sa réprobation et, pour tout dire, sa déception. Ce garçon à qui il a donné sa chance il y a vingt ans parce qu'il était recommandé par son oncle qui travaillait au Ritz, et parce qu'il savait que ce jeune père de famille avait un besoin urgent de trouver un emploi, qui a (avec sa bénédiction, car l'ambition est une qualité) gravi tous les échelons de la hiérarchie, depuis le poste de commis en cuisine jusqu'à celui de maître d'hôtel en chef, en passant par le rôle de garçon d'étage, Roland donc vient tout bonnement de le congédier de son établissement.

Hubert, transistor ! C'est, depuis ce matin, la principale mission du stagiaire : tenir à la disposition du directeur de quoi étancher sa soif d'informations.

Le directeur-qui-ne-l'est-plus a entamé sa journée en grillant cigarette sur cigarette et en écoutant Europe numéro 1. Les nouvelles ne sont pas bonnes. La veille, Daniel Cohn-Bendit, le leader des étudiants, a été frappé d'une mesure d'interdiction de séjour, au motif qu'il aurait déclaré, depuis Amsterdam, qu'il fallait déchirer le drapeau français pour n'en garder que la partie rouge. Le ministre de l'Intérieur, Christian Fouchet, a déclaré qu'il était *indésirable en*

France. Il ne faut pas être bien malin pour comprendre qu'une telle décision ne peut qu'attiser la fureur des étudiants. Les journalistes redoutent une nouvelle nuit d'émeutes. On peut penser ce qu'on veut de ce rouquin qui affirme vouloir renverser le régime gaulliste, le ministre de l'Intérieur a quand même commis une belle bévue, se dit le directeur. La grève, quant à elle, n'en finit pas de s'étendre. Ce matin, à neuf heures, une centaine de footballeurs professionnels sont venus occuper le siège de la Fédération française, avenue d'Iéna, et ont accroché sur sa façade une banderole ainsi rédigée : « Le football aux footballeurs ». Les footballeurs, maintenant ! On se demande quelle profession va échapper à cette fièvre de revendications.

Et en ce 22 mai, la « sortie de crise » tant attendue semble impossible.

Monsieur le directeur contemple donc les arbres des Tuileries par-delà les arcades de la rue de Rivoli. Dans cette pièce basse de plafond, où les fenêtres en demi-lune mangent la lumière en toute saison, les lampes électriques sont allumées en permanence. Celle de son bureau se met soudain à clignoter puis s'éteint définitivement. C'est encore une de ces coupures de courant dont les Parisiens ont pris l'habitude depuis quelques jours et qui signent la participation d'EDF au mouvement de grève générale.

Pourvu qu'on ait condamné l'ascenseur, songe Monsieur le directeur, qui se souvient des pénibles incidents survenus ces derniers jours, lorsque des clients s'étaient retrouvés coincés entre deux étages pendant de longues heures, haïssant soudain le décor extravagant dans lequel ils étaient faits prisonniers. Cet ascenseur, en effet, est la copie exacte de la chaise à porteurs de Marie-Antoinette et fascine la clientèle par son allure ventrue, sa débauche de dorures et de damas fleuri, ses fenêtres drapées. En l'empruntant, bien des clients s'étaient sentis plus indulgents à l'égard des coupeurs de têtes. À bien y réfléchir, il constitue même l'une des principales attractions du palace. Les coupures d'électricité l'ont rendu dangereux.

En temps normal, Monsieur le directeur aurait foncé au rez-de-chaussée pour vérifier que des mesures avaient été prises pour condamner son fonctionnement ; il aurait au passage vérifié que les stores des salons avaient bien été baissés, afin que le soleil qui s'annonce généreux n'endommage pas les tableaux ; il se serait enfin enquis auprès du bureau des réservations des arrivées marquantes prévues dans la journée – bref, il aurait fait son métier. Mais aujourd'hui, condamné à l'oisiveté, il doit se contenter d'un tête-à-tête anxieux avec ses tracas. En un sens, il connaît le même sort que les chasseurs du hall qui bâillent depuis l'aube ; les deux extrêmes de la hiérarchie sont pareillement victimes de la révolution.

Combien de temps va durer cette situation grotesque ? Il imagine l'anxiété impuissante de ses actionnaires, qui se transformera en consternation si cette plaisanterie s'éternise. Cette ère nouvelle que les employés appellent de leurs vœux les conduit sans doute aux portes de l'apoplexie.

Monsieur le directeur tourne machinalement les pages de son agenda. À la date du mercredi 22 mai, deux lignes écrites au feutre rouge le font sursauter. Mercredi ? Mais c'est aujourd'hui ! Il blêmit, se frappe le front et bondit hors de la pièce. Il doit parler à Roland de toute urgence. Pourvu que ces imbéciles n'aillent pas, en plus, annuler ce déjeuner prévu de longue date.

Tout en le cherchant, il tente de rassembler ses arguments et surtout échafaude en pensée des phrases prudentes. Ne pas les braquer. Suggérer plutôt qu'imposer. Faire appel à leur bon sens. Qu'ils n'aillent surtout pas s'imaginer qu'il joue au patron, qu'il les traite comme des larbins, qu'il ne tient aucun compte de cette satanée assemblée générale. L'effarante susceptibilité du personnel depuis quelques jours rend toute négociation périlleuse. Il va falloir jouer tout en finesse.

Faire valoir qu'on ne saccage pas, au nom des idées révolutionnaires qui traînent dans l'air, la relation d'un hôtel avec sa meilleure cliente.

Que la remise d'un prix littéraire ne saurait être annulée au nom de la révolution, car l'art, comme chacun sait, survit toujours aux soubresauts négligeables de la vie politique.

Que le maintien de ce déjeuner ferait beaucoup pour la publicité de l'établissement, à l'heure où les concurrents de l'avenue Montaigne se pavanent devant les caméras de télévision en citant au passage les noms de leurs clients célèbres.

Le directeur connaît bien son personnel. Dans cette affaire, il sait qu'il pourra compter sur le soutien de Denise Prévost, qui emploie le mot « chienlit » à peu près aussi souvent que lui, et sur celui de Lucien Grapier, dont le snobisme himalayen s'épanouit à chacun de ces déjeuners qui rassemblent académiciens et femmes du monde. Dans les années d'après-guerre, quand l'hôtel tardait à retrouver son prestige d'antan, ses collègues l'avaient souvent entendu soupirer : *L'hôtel est plein mais il n'y a personne.* À présent que Le Meurice est redevenu l'un des hôtels les plus courus de la capitale, il ne faudrait pas que les rois en exil, les stars de cinéma, les duchesses, les académiciens lui préfèrent un autre établissement qui, lui, aurait été épargné par le virus de la contestation. Lucien, qui outre ses fonctions de concierge, rédige chaque matin le « celebrities bulletin », cette feuille qu'on distribue au personnel et où figurent les noms des personnes connues qui séjournent au Meurice, ne s'en remettrait pas.

Des autres, il est moins sûr. Les marmitons, qui pour la plupart n'ont pas vingt ans, ont sans doute été contaminés par la révolte des étudiants. Le directeur redoute de s'entendre dire que de telles agapes, quintessence d'un mode de vie bourgeois, n'ont plus leur place entre ces murs gagnés par la révolution ; qu'elles sont une provocation par les temps qui courent ; et que les clients, si célèbres fussent-ils, doivent cesser de se comporter comme des enfants gâtés et respirer enfin l'air du temps.

La conciergerie de l'hôtel fait office de tour de contrôle. C'est donc là qu'il faut se rendre pour reconstituer les itinéraires des uns et des autres. Au moment où le directeur s'approche du concierge, il surprend son regard horrifié : une femme de ménage est en train de passer la serpillière sur le marbre du hall d'entrée, sous les yeux des clients. C'est contraire à tous les usages, qui veulent que dans un hôtel de luxe ce genre de tâche s'effectue plutôt la nuit. À dire les choses franchement, cela relève d'un hôtel de deuxième ordre. Mais l'autogestion est passée par là ; *C'est maintenant ou pas du tout*, a déclaré l'employée que n'émeuvaient pas les regards courroucés du concierge. Le directeur est sur le point de marquer sa désapprobation quand il se souvient qu'il n'est plus directeur. Il faut taire le blâme et se résigner à l'offense.

De toute façon, il a plus urgent à faire. Lucien est surpris de l'affabilité nouvelle avec laquelle le directeur lui demande où il peut trouver le maître d'hôtel en chef. Cette délicatesse inédite ne s'explique pas seulement par le souci urgent qu'a le directeur-qui-ne-l'est-plus de parler sur-le-champ au représentant syndical ; elle est la conséquence d'un coup de fil bref reçu la veille au soir de son homologue du Plaza, pour l'informer que chez lui, le concierge vient de s'autoproclamer directeur (l'autogestion y a vécu moins longtemps que les roses) : aussi le directeur du Meurice ménage-t-il Lucien Grapier en pensant que, peut-être, il a en face de lui son successeur.

C'est bien connu : il ne faut jamais insulter l'avenir.

Mais c'est mal connaître Lucien, qui ne se trouve bien qu'à sa place et n'aurait jamais songé à accaparer ou même convoiter celle d'un autre. Aussi répond-il avec son habituelle obséquiosité, laquelle n'exclut pas la précision : *Monsieur le directeur, vous trouverez Roland à la 108, le Maître l'a fait appeler il y a moins d'un quart d'heure.*

Que va demander Salvador Dalí à Roland ce matin ? D'aller capturer des mouches dans les bosquets des Tuileries pour offrir un repas sain à Babou, son ocelot qui a mal digéré la purée du room service de la veille ? De lui fournir un troupeau de chèvres pour tirer des balles à blanc ? Le directeur sait que quelle que soit l'originalité de sa demande, elle sera satisfaite. Le Maître offre au personnel mieux que des pourboires : des lithographies dédicacées. On a vu pire comme assurance-vie. Autant dire que sa popularité égale, sinon surpasse, celle de Florence Gould, la milliardaire américaine qui habite ici à l'année.

Dans la suite 108-110, l'imagination est au pouvoir depuis belle lurette. À chacun de ses séjours, la légende du Maître enfle. Nul n'a oublié le jour où il avait transformé sa suite en square parisien, en la meublant d'un bec de gaz et d'un jet d'eau. Et la mise en scène de ses départs enchante chaque fois les employés de l'hôtel : ayant jeté des poignées de centimes sur la chaussée, le client prend le volant de sa Cadillac et, roulant les r, hurle à la cantonade : *Je roule sur l'or !* Panache pour les uns, folie douce pour les autres : peu importe. Le directeur a la plus grande indulgence pour les frasques extravagantes du Maître : il se réjouit de la publicité qu'elles font à son établissement.

Salvador Dalí avait prévu de séjourner tout le mois de mai au Meurice. Sa présence à Paris avait été requise par deux maisons d'édition qui lui demandaient d'accompagner la promotion de livres consacrés à son travail. Les manifestations étudiantes puis la grève générale avaient bien sûr conduit les éditeurs à annuler toutes les opérations prévues. Le Maître n'en avait cure. Refusant d'écouter ceux de ses amis qui le pressaient de rentrer à Cadaqués, il avait décidé de rester dans cette ville dont l'explosion libertaire lui plaisait. Il avait rédigé à la hâte un tract intitulé « Ma révolution culturelle » et avait décidé de le distribuer lui-même aux étudiants mobilisés dans le Quartier latin. Cette décision avait forcé l'admiration de Roland, ravi de constater qu'on pouvait être à la fois milliardaire et anarchiste, quand au contraire le directeur s'était fait un sang d'encre toute la soirée, redoutant que son client ne soit pris à partie par un des enragés de la rive gauche. À minuit passé, le 18 mai, Salvador Dalí était rentré triomphant rue de Rivoli : les étudiants, ayant reconnu la fameuse moustache, avaient acclamé le peintre et avaient suivi la voiture en criant « Dalí avec nous ! ».

Roland ne manquait donc pas une occasion de se rendre dans la suite du Maître. Ce matin, c'est avec une allégresse nouvelle qu'il a gravi l'escalier. C'est à lui en premier qu'il veut faire part de la nouvelle inouïe : le personnel occupe désormais l'hôtel et, au nom de l'autogestion, il n'y a plus de distinction entre dirigeants et dirigés.

Le directeur se dandine au seuil de la suite 108-110. Il observe chaque fleur du tapis comme si elle était capable de lui révéler les mystères de la vie. C'est bien la première fois qu'il n'ose pas franchir la porte d'une chambre. Du couloir où il guette son délégué syndical, il perçoit des bribes de conversations, l'accent prononcé du Maître qui roule des r. Du peu qu'il entend, le directeur déduit que Dalí accueille la nouvelle avec la joyeuse indifférence de celui qui approuve tous les régimes politiques – pourvu que nul ne conteste son génie.

Le maître d'hôtel a enfin quitté la suite. Le directeur, qui ne veut pas avoir l'air de l'attendre, fait semblant de changer l'ampoule d'une applique. Mime la surprise en découvrant la présence de Roland. S'excuse, penaud, de traîner dans les couloirs, *la déformation professionnelle, que voulez-vous*. Se décide à poser la question qui le tracasse depuis tout à l'heure.

— Au fait, que comptez-vous faire du déjeuner de madame Gould ?

Roland, prudent, se réfugie derrière la procédure démocratique.

— C'est l'assemblée générale qui décidera. Elle est convoquée à 10 heures.

— C'est bien que cette décision soit collective, répond le directeur sans en penser un mot. Mais je me permets d'insister pour que, dans la mesure

37

du possible, il ne soit pas annulé. Vous savez ce qu'elle représente pour notre établissement.

— Je ne sais pas encore ce que décideront les collègues mais, ajoute le représentant du personnel, en ce qui me concerne, soyez sans crainte, je militerai pour que le déjeuner puisse avoir lieu.

Phrase qui laisse le directeur pantois. La psychologie des révolutionnaires est plus complexe qu'il ne pensait.

Willy, chef de rang depuis cinq ans au Meurice, n'a jamais compris pourquoi Florence Gould s'était entichée de lui. Sa gueule d'ange lui rappelle-t-elle on ne sait quel fiancé d'autrefois, on ne sait quel enfant avorté, on ne sait quel amant d'un soir dans une vie antérieure ? Toujours est-il qu'elle ne veut que lui pour la servir. Si un nouveau venu dans le personnel, pas encore mis au fait des usages en vigueur dans l'établissement, répond avec célérité à son coup de sonnette, elle le renvoie à l'office, les sourcils froncés par la colère. *Willy, et personne d'autre. Une fois de plus et j'appelle le directeur en personne*, peut-on lire derrière les hublots qui masquent ses yeux. Il paraît qu'ils sont d'un vert admirable, mais personne ne les a jamais vus.

Il y a tout à gagner à complaire aux caprices des heureux de ce monde. C'est le principal enseignement que Willy a retiré de son apprentissage au Meurice, en même temps que la capacité à rembourser plus vite que prévu le crédit qu'il avait pris sur sa voiture. Un jour, conforté par la tendresse excessive que lui témoignait la cliente, il s'est mis à la tutoyer. Pari risqué : c'était la porte ou l'amour fou. La seconde hypothèse l'ayant emporté, Willy tutoie depuis Florence Gould. Invraisemblable familiarité qui explique pourquoi c'est lui qui a été désigné par l'assemblée générale pour avertir Madame Gould que l'hôtel est désormais occupé par son personnel.

Ce matin, il n'a jamais été si peu pressé de prendre son service.

Justement, dans la suite 250-252-254, Florence Gould vient de se réveiller et a appuyé sur la sonnette pour prévenir Willy que son petit déjeuner peut être servi. Il sera frugal comme toujours : elle suit un perpétuel régime dont les effets ne sont toujours pas visibles. À soixante-treize ans, le corps regimbe et les jus de pamplemousse censés brûler les graisses ne sont plus d'aucun secours.

Sous le lustre qui concilie avec bonne humeur le style Louis XIV et le style Nouille, elle étire ses orteils le long des bouillottes qui, depuis que la femme de chambre les a laissées glisser encore fumantes sous le satin, ont hélas laissé la chaleur s'échapper. Les bouillottes, maintenant qu'elles sont tièdes, sont encombrantes. C'est une contrariété. Ses pieds fâchés heurtent les intrus en caoutchouc blottis sous les draps. Heureusement, les trois anges rococo n'ont pas quitté le dessus de la porte, d'où ils semblent avoir veillé sur son sommeil. Elle les observe chaque matin pour se donner le courage d'affronter la journée qui commence.

Sur sa table de chevet, l'austère portrait de Racine en perruque semble l'observer avec sévérité ; c'est celui qui figure sur les billets de cinquante francs dont elle a toujours une liasse à portée de main. Le personnel est si coutumier du geste, cette façon de glisser le rectangle bleu pastel dans leur main en regardant ailleurs, l'air de dire *c'est la moindre des choses, ne me remerciez pas,* qu'il l'a surnommée « Madame Racine ».

Les soirs où elle a abusé du champagne, et où elle ne distingue plus très bien les couleurs et les chiffres inscrits sur les billets aplatis dans son réticule, sa voix pâteuse alerte le personnel et on se passe le mot dans les couloirs : *Tenez-vous prêts, Madame Racine est devenue Madame Corneille.* C'est alors à celui qui sera le plus prompt à se ruer au second étage pour monter une tisane, s'enquérir des chiens, offrir ses services pour leur promenade vespérale aux Tuileries. Cent francs, c'est un pactole pour qui en reçoit cinq cents à la fin du mois.

C'est toujours avec tendresse que le personnel parle de Florence Gould.

Hier soir, elle a recompté ses Racine avec une certaine inquiétude : les réserves s'épuisent. Or, la Banque de France, qui comme le reste du pays est en grève, n'imprime plus de billets. Voilà une conséquence de la révolution dont Florence se serait bien passée. Elle croit se souvenir qu'elle a déposé une réserve de Pascal dans le coffre de l'hôtel. Il faut qu'elle vérifie aujourd'hui même. Cette incertitude la chiffonne. On ne passe pas de Racine à Pascal en quelques jours. Sa générosité a des limites.

Elle enfile un peignoir de satin rose, pose ses lunettes fumées sur son nez et sourit à la pensée du déjeuner qui aura lieu tout à l'heure. Elle vérifiera le plan de table avec son secrétaire vers midi. Il trouvera sûrement la réponse à cette question qui la tracasse : le lauréat du prix doit-il être placé à sa droite ? Ce qui l'ennuie, c'est qu'elle n'a pas lu son roman. Elle ne lit jamais, de toute façon. Elle fait confiance aux membres du jury qui, tous, ont salué ce premier roman. À vrai dire, elle ne les avait jamais vus si unanimes lors d'une délibération. Ce qu'on attend d'elle, c'est de signer le chèque qu'on remettra à l'auteur à la fin du repas.

Ce sera la cinquième édition du prix Roger-Nimier. Florence se souvient comme si c'était hier des amis venus la solliciter moins de trois mois après l'accident de voiture dans lequel l'écrivain avait trouvé la mort : *Il faut créer un prix à son*

*nom pour continuer à faire vivre l'esprit des hus-
sards. Nous devons bien ça à sa mémoire.* Philippe
Huisman et André Parinaud, qui travaillaient
au magazine *Arts* avec Nimier, n'avaient pas eu
besoin d'insister beaucoup. *Nous l'aimions si
fort,* avait répondu Florence. Ils avaient cru voir
une larme couler sous les hublots fumés. En
tout cas, le ton était aussi éploré qu'il convient.
Cette comédienne n'était jamais meilleure que
dans le registre de la tragédie. Elle avait donc dit
oui aussitôt, se souvenant du charme fou de ce
grand garçon qui se joignait parfois aux agapes
du Meurice et dont elle espérait en secret, le jour
venu, financer l'habit d'académicien comme elle
l'avait fait pour Paulhan. Mais la mort prématurée
de Nimier avait privé Pierre Cardin de cette commande et Florence d'un convive brillant.

Les ennuis avaient commencé dès la composition du jury. Ceux qui n'en étaient pas
avaient persiflé, *Florence est prête à débourser
un demi-million d'anciens francs pour un jeune
écrivain,* s'étaient gaussés Morand et Chardonne,
furieux et vexés de ne pas être associés à une
assemblée qui était, pourtant, celle des amis
de Nimier. Ils avaient soupçonné qu'on les
trouvait trop vieux. Mais depuis quand l'amitié
s'encombre-t-elle des années ? Histoire clas-
sique : chacun revendiquait sa part d'affection
au mort. Florence avait vite réparé la bourde en

les associant au prix l'année suivante. De cette
omission initiale, il était resté, fatalement, un
ressentiment diffus, si bien que les deux amis ne
quittaient jamais une réunion du prix sans glisser
à l'oreille de Florence que certains des membres
étaient vraiment sans manières et que cette façon
de boire sans retenue les horrifiait – ils ne nom-
maient pas Blondin et Frank mais elle comprenait. Les jours où son humeur était encore plus
chagrine, Morand ne manquait pas de citer le mot
de Boni de Castellane, ce jury, « c'est la rue avec
un toit ».

Willy se dandine, tarde à quitter la chambre. Il
replace les embrasses des rideaux avec méticulo-
sité, déplace un vase, repousse un fauteuil. Il n'a
pas l'air pressé de quitter la pièce. Cette mission
qu'on lui a confiée l'assomme. Occupation de
l'hôtel par son personnel. Directeur remercié.
Accompagner le sens de l'Histoire. Les gros mots
regimbent dans sa gorge. Il finit par bafouiller
l'information, les yeux rivés à la moquette.

À sa grande surprise, la pensionnaire accueille
la nouvelle avec l'indifférence souveraine de celle
qui en a vu d'autres. Elle lui sourit et fait glisser
ses bracelets sur son poignet. Sa jeunesse est
encore tapie dans certains gestes, dans certaines
intonations. Sa voix d'ancienne chanteuse qui
avait fait chavirer l'héritier des chemins de fer
américains au début des années vingt est toujours

là. *Qu'est-ce que cela va changer pour moi ? – Eh bien Florence, le déjeuner prévu aujourd'hui n'aura lieu que si la motion est votée. – La motion ? Qu'est-ce que c'est, une motion ?* Elle a prononcé le mot avec l'accent américain dont elle n'a jamais réussi à se défaire, en sorte que le mot évoque plutôt le cinémascope des années cinquante. Des propos alambiqués du jeune homme, il ressort qu'une motion, c'est tout simplement un vote.

Florence n'est pas le genre de femme à qui un vote fait peur. La vie cède à ses désirs, en général. Depuis douze ans qu'elle s'est installée au Meurice, elle considère que le personnel est un peu le sien. Ces déjeuners mensuels qu'elle y donne, et qu'on a surnommés des « Meuriciades », font beaucoup pour la renommée de l'hôtel. Ce vote sera un plébiscite, elle n'en doute pas une seconde

— Appelle-moi le directeur, s'il te plaît !

— Mais Florence, il n'y a plus de directeur !

Le jeune homme se rend compte que l'Américaine n'a pas exactement pris la mesure des événements. Les révolutions sont rares, outre-Atlantique. Florence est bien ennuyée ; auprès de qui pourra-t-elle vérifier si son coffre contient bien quelques liasses de Pascal ? Ce garçon est exquis mais les conversations d'argent exigent d'autres interlocuteurs.

Pendant que Willy s'affaire à d'inutiles rangements, guettant le Racine qui soldera cette matinée, Florence Gould digère la nouvelle et fait l'inventaire de ses conséquences. La plus évidente est à la fois fâcheuse et inattendue. C'est son plan de table qui est menacé. Outre le jeune écrivain qu'on s'apprête à fêter aujourd'hui, Florence comptait mettre à l'honneur son ami J. Paul Getty, de passage à Paris. Mais J. Paul ne va pas bien et ce n'est pas cette nouvelle qui va améliorer son moral.

Tout cela parce que, quelques jours plus tôt, Florence a emmené son vieil ami faire une promenade sur la rive gauche. Ils avaient décidé de déjeuner rue des Beaux-Arts, dans cet hôtel d'Alsace où Oscar Wilde était mort. Sa Rolls voyante a attiré l'œil des étudiants, qui se sont approchés et mi-rieurs, mi-indignés, se sont mis à secouer la voiture en dénonçant à grands cris cet insupportable symbole de la richesse capitaliste, aux cris de « Ça ira ». Tandis que J. Paul Getty restait recroquevillé sur la banquette arrière, tétanisé de peur et certain que sa dernière heure était arrivée, Florence, vêtue d'un tailleur Saint Laurent et couverte des bijoux sans lesquels elle se serait sentie nue, Florence s'était rappelé les menaces autrement plus terrifiantes et précises des FFI venues sonner à sa porte un matin d'août 1944 : elle avait baissé sa vitre et avait, crâne, lancé à ses assaillants (*des en-ra-ra-gés*, selon J. Paul que la panique faisait bégayer) : « Vous pouvez retourner une Rolls de quatre tonnes, vous ne retournerez pas Florence Gould ! »

J. Paul Getty avait paniqué davantage, certain que cette réplique allait leur coûter la vie. Par des coups de coude discrets, il avait tenté de faire comprendre à Florence que l'heure n'était pas aux provocations, aux fanfaronnades et à l'orgueil mal placé. Quelle idée saugrenue il avait eue de quitter Londres pour profiter du printemps parisien ! Redevenu en quelques instants un petit garçon qui a peur des monstres cachés dans le placard, et dans le même temps transformé en vieillard à l'agonie qui se demande si ses affaires sont en ordre et s'il a mis à jour son testament, le milliardaire américain était sur le point de se sentir mal. Tous les millions accumulés avec son père, tous ces puits de pétrole bâtis avec enthousiasme ne valaient plus rien à l'heure où cinq jeunes gens en blue-jean faisaient tanguer la Rolls blindée.

Le chauffeur avait réussi à extirper le véhicule de ce chahut bruyant. *Aldo, chez Maxim's !* avait ordonné Florence, admettant enfin qu'il fallait changer de cantine. Pourtant, ils n'étaient pas arrivés au bout de leurs émotions. En sortant de table, les deux milliardaires étaient tombés nez à nez, sur la place de la Concorde, avec un groupe d'étudiants décidé à s'en prendre au *Figaro*, dont les bureaux se trouvent au rond-point des Champs-Élysées. J. Paul Getty, que le potage aux moules et le veau Marengo avaient provisoirement réconcilié avec la vie en général et avec Paris en particulier, se sentit mal à nouveau. Il était descendu au George-V, mais apparemment, même la rive droite n'était plus sûre. Plus question de regagner son hôtel. Il demanda l'hospitalité, et pour tout dire l'asile politique, au Meurice. Sa décision était prise : il ne quitterait plus sa suite tant que les émeutiers traîneraient dans les rues.

Le directeur, ravi de subtiliser un client à la concurrence – le commerce reste le commerce, même pendant les époques troublées –, l'avait accueilli avec toute l'empathie dont il était capable. Avait assuré qu'il aurait toujours une chambre pour les amis de Madame Gould. S'était gardé de lui dire que les temps étaient rudes pour les affaires, et qu'il avait toute la place pour accueillir un client, même sans réservation. Et, connaissant la radinerie célèbre de cet homme qui passait pourtant pour le plus riche au monde, avait ajouté que la maison serait ravie de le loger dans une suite facturée, cela va sans dire, au prix d'une des modestes chambres de courriers situées sous les combles.

C'est que la révolution avait privé l'hôtellerie française de la marée annuelle des touristes américains. Et que le directeur assistait chaque jour, consterné, au départ pour Bruxelles de clients conduits par leur chauffeur. L'hémorragie durerait tant que la situation politique ne serait pas apaisée, c'était certain. Au-delà des frontières, les affaires étaient en revanche florissantes. Les hôtels belges étaient submergés puisque, l'aéroport d'Orly étant fermé, les avions étaient détournés sur la piste la plus proche, celle de Bruxelles. Et sur les bords du Léman, on ne trouvait plus une chambre libre. Leurs propriétaires s'étaient senti un urgent besoin de rendre visite à leurs coffres-forts.

Hier, apprenant que le George-V avait, lui aussi, été contaminé par les idées révolutionnaires et que le personnel y régnait en maître, J. Paul Getty s'était félicité de son déménagement. Le Meurice était le dernier bastion de la paix sociale.

Et voilà que Florence va devoir lui annoncer que, même ici, au milieu des dorures de l'hôtel, la révolution s'est infiltrée. Que le personnel a pris possession des lieux, comme au début du mois les étudiants se sont emparés de la Sorbonne, comme il y a huit jours les ouvriers de chez Renault se sont déclarés maîtres de leur usine. Comment dans ces conditions le convaincre de quitter sa chambre et de descendre à la salle à manger où, forcément, il croisera l'un de ces rebelles ? Florence pressent que tous ses arguments vont se heurter à un mur d'incompréhension. C'est, de son point de vue d'hôtesse, une tuile bien pire que les coupures de courant : il faudra sans doute repenser tout son plan de table.

Cet imprévu la rend nerveuse. Willy la voit faire le geste machinal de triturer les trois rangs de perles qui balisent son cou du matin au soir et dissimulent les stigmates du temps ; sa main danse dans le vide : les perles dorment encore dans la boîte où des grains de millet protègent leur éclat. Combien de fois lui a-t-elle raconté l'histoire de ce collier, deux rangs offerts par son mari, puis dix ans de recherches pour trouver des perles de la même grosseur et du même reflet et parvenir, enfin, à constituer un troisième rang. Il ne s'étonne plus qu'elle le porte chaque jour.

On gratte à la porte de la chambre voisine. Les quatre pékinois s'impatientent. C'est l'heure de la promenade aux Tuileries. Le groom qui se charge de cette tâche est en retard. C'est très ennuyeux, cela risque de se terminer dans le bas des rideaux de sa suite, ce qui agace au plus haut point la direction. Peut-être le groom est-il parti à cette fameuse assemblée générale dont lui a parlé Willy ? Que ses chiens soient maltraités à cause de ces enfantillages, elle ne le supporterait pas. Elle tend l'oreille, décèle un aboiement plus plaintif que les autres. Se souvient qu'elle a donné à ses bébés du foie de veau, des petits légumes et du champagne hier soir, nonobstant la réprobation du maître d'hôtel. Soupire à l'idée de cet ennui supplémentaire : si tout le pays est en grève, où va-t-elle trouver un vétérinaire ?

Elle se regarde dans la glace : Dieu merci, la colère n'a pas gâté son teint.

Willy a tout juste le temps de répondre au coup de sonnette du client de la 616. Cet homme au teint blême, qui se plaint en permanence du froid, a longtemps intrigué le personnel. Depuis dix jours qu'il était là, il n'avait reçu aucune visite. Personne ne l'avait demandé au téléphone. Il sortait peu et traînait des heures entières dans les salons, silhouette guindée sur les bergères de soie. À l'office, on finissait par se demander s'il ne s'agissait pas d'un espion à la solde des Soviétiques.

C'est Denise qui a finalement recueilli ses confidences, un matin qu'elle l'aidait à enfiler l'épais manteau dans lequel, pourtant, il paraissait grelotter. Un mois plus tôt, Maître Aristide Aubuisson, notaire honoraire à Montargis, avait reçu le résultat de ses analyses médicales. Le cancer du pancréas était déjà bien avancé. Il savait qu'il était condamné. Il n'avait pas de famille, personne à qui léguer ses économies. Il avait alors décidé de réaliser son rêve : habiter pendant quelques jours dans un palace et *faire la bringue* à Paris. Au terme d'une vie où l'improvisation, la frivolité, la gaieté n'avaient hélas pas eu leur place, il estimait avoir mérité cette ultime parenthèse de légèreté et d'inconséquence. Il avait longuement rêvé à des journées où il paresserait tard au lit le matin, prendrait ses repas à des horaires fantaisistes, sonnerait dix fois par jour le personnel pour un caprice incongru, et se mettrait sur son trente et un à la tombée de la nuit pour participer au feu d'artifice que peut être une nuit parisienne. Dans cette perspective, il avait pris soin de se faire faire un smoking chez le meilleur tailleur du Gâtinais.

De la capitale, il ne connaissait que les hôtels borgnes où, quand il n'était qu'un clerc de notaire débutant, il avait séjourné voilà vingt-cinq ans. Il avait donc choisi de s'installer dans ce qui lui paraissait le comble du luxe, du chic, du cosmo-politisme – là où même les rois chassés de leurs palais se sentaient chez eux. Le 12 mai, un taxi l'avait conduit de la gare de Lyon à la rue du Mont-Thabor.

La date était mal choisie : le lendemain du jour où il avait posé ses valises au Meurice, la grève générale commençait. Les places qu'il avait réser-vées au Moulin-Rouge, aux Folies-Bergère, chez Michou et au Raspoutine étaient condamnées à demeurer dans son portefeuille.

Le personnel de l'hôtel, qui le croisait sans cesse, s'était pris de compassion pour cette silhouette émaciée, ces traits creusés, ces yeux cernés de bistre – cette incarnation d'une ago-nie qu'ils connaîtraient tous un jour. Aussi choyaient-ils tout particulièrement ce client, sachant que les derniers visages qu'il emporterait dans l'au-delà seraient les leurs.

Il est dix heures du matin et les employés du Meurice arrivent, les uns après les autres, dans l'office transformé en salle de réunion. Ils ont abandonné leur poste mais pas leur uniforme. Les queues-de-pie noires des maîtres d'hôtel frôlent les tabliers blancs des marmitons. Les toques des cuisiniers voisinent avec les casquettes des grooms, rivées à leurs mentons imberbes par un élastique noir. Les vestes rouges gansées d'or des chasseurs font des taches éclatantes au milieu de ce camaïeu bicolore.

Roland qui, en tant que délégué syndical, doit prendre la parole en premier, a du mal à faire cesser le brouhaha. Une querelle vient d'opposer le chef pâtissier à l'un de ses apprentis. Au nom de l'autogestion, ce gamin a refusé de monter des blancs en neige. *Je croyais qu'il n'y avait plus de hiérarchie !* a piaillé l'insolent. Il s'est pris une gifle mémorable. Les collègues sont partagés quant à l'opportunité de ce geste. Faute de directeur pour arbitrer le conflit, chacun des belligérants campe sur ses positions.

Quand le calme est enfin revenu dans la pièce, Roland prend la parole pour rappeler l'objet du vote de ce matin : faut-il ou non maintenir le déjeuner de Madame Gould ? Il ajoute qu'à titre personnel, il se prononce en faveur de son maintien.

— On sait tous pourquoi tu trouves tant de charme à Madame Racine ! ricane d'une voix forte le concierge. Un billet par-ci, un billet par-là…

— Le cœur à gauche et le portefeuille à droite, tu ne vaux pas mieux que les autres ! ajoute le sommelier en chef.

Roland renonce à répondre que les largesses que Madame Gould leur a prodiguées depuis tant d'années méritent bien quelques égards. L'argument, préparé avant la réunion, ferait long feu face à tant d'animosité.

— Je me suis renseignée, renchérit la gouvernante du premier étage, le lauréat du prix va recevoir un chèque de cinq mille francs. Dix fois le Smic ! C'est une provocation vis-à-vis des travailleurs en grève qui réclament une augmentation de leur salaire. On ne peut pas approuver ça.

— Solidarité avec les ouvriers, confirme le barman.

— Meuriciades-mascarades, conclut le marmiton, que la gifle récente a semble-t-il inspiré, à moins qu'il ne veuille donner tort au professeur de français qui, trois fois de suite, l'a fait échouer au certificat d'études.

Roland est débordé par sa gauche. C'est bien la première fois de sa vie. Il transpire sous son frac. C'est Willy, le favori de Florence Gould, qui donne l'estocade. Cet intime de la cliente est le mieux renseigné de tous.

— Nous, on gagne trois francs de l'heure. Elle dispose de huit millions de dollars par an, soit cent trente mille francs par jour d'argent de poche. Il est peut-être temps de lui montrer que l'argent n'achète pas tout.

Les chiffres sont si vertigineux que la déclaration de Willy est accueillie par un silence stupéfait.

Roland est maintenant certain que ce déjeuner ne pourra pas avoir lieu. Il ne soupçonnait pas la rancœur qui s'était accumulée au fil du temps.

Cela fait douze ans maintenant qu'une fois par mois, il sert les déjeuners de Florence Gould, aidé du chef de rang. Quarante convives, pour la plupart des écrivains dont il n'a pas lu les livres, des critiques dont il ignore les articles, des femmes du monde dont il ne sait pas l'influence. Certaines fois, à l'intensité des conversations, il devine que quelque chose d'important se trame. Le concierge, qui est bien plus au fait que lui de l'actualité, lui donne l'explication lorsque les invités sont partis : une élection à l'Académie française se joue autour de cette table, c'est la fièvre habituelle des veilles de vote. Il y a cinq ans, au moment où Jean Paulhan s'était présenté contre le duc de Castries au fauteuil de Pierre Benoit,

54

on s'entendait à peine dans la salle à manger. Florence avait fêté la victoire de son protégé par un cocktail au Meurice, avant de commander à Pierre Cardin l'habit du nouvel immortel.

À la seule vue du plan de table, Roland sait l'importance de chacun. À proximité de l'hôtesse, les plus vieux et les plus titrés. En bout de table, les jeunes espoirs de la littérature et les escort-boys extatiques, décidés à vider les bouteilles de champagne jusqu'à la dernière goutte. Il a souvent remarqué que c'est là qu'on s'amuse le plus. Et qu'il était fréquent que Florence Gould soit la seule à qui personne n'adresse la parole, affligée de deux voisins qui lui tournaient le dos. Ingratitude scandaleuse qui n'offusquait que le maître d'hôtel ; le mois suivant, un nouveau déjeuner avait lieu, comme si la milliardaire avait oublié l'affront. Devait-elle s'ennuyer, pour renoncer à snober des convives si mal élevés.

Quelle publicité pour Le Meurice ! Et ses collègues voudraient aujourd'hui s'en passer, au motif que ce serait la victoire du Capital ?

Mais ce n'est pas le plus important. Si Roland tient tant à ce que ce déjeuner ait lieu, c'est qu'il veut en faire la preuve éclatante de la justesse de ses idées : même occupé par son personnel, même privé de son directeur, l'hôtel fonctionne aussi bien qu'avant. Il voit dans les événements de ce printemps comme une revanche de l'Histoire.

C'est dans ses souvenirs d'enfance – comme souvent les hommes – qu'il puise son énergie. Ce que ne dit pas Roland, redoutant que ses collègues ne s'esclaffent face à tant de sentimentalisme, c'est que le 22 mai est le jour de la Saint-Émile. Il n'a que peu de respect pour les saints d'un calendrier qui n'est pas le sien, cela va de soi. Mais il y a des coïncidences. Émile, c'était le prénom de son père. Celui qui, juste après la victoire du Front populaire, a occupé son usine de métallurgie à Béthune, y a joué aux cartes avec ses collègues, y a attendu, en vain, la nationalisation – et a cru aux lendemains qui chantaient. Ces grèves de la dignité ouvrière avaient succombé sous le double poids des accords Matignon et des départs pour les premiers congés payés avec les billets Lagrange. Mais Roland, qui avait treize ans à l'époque, se souvenait encore de cette chape de rêves qui les avait ensevelis, deux mois durant. Elle était là, de retour, au-dessus de leurs têtes, et ils ne la reconnaîtraient pas ?

— Si ce déjeuner n'a pas lieu, reprend Roland, cela veut dire que nous sommes en grève. Est-ce que nous voulons être en grève ?

Un silence gêné s'installe. Roland a trouvé la faille dans cette colère cacophonique.

Les queues-de-pie tremblent, les toques dodelinent, les tabliers s'indignent, les blouses rayées se demandent comment se peut-il que.

— Bien sûr que nous ne sommes pas en grève, finit par dire le concierge. Le Meurice ne va pas s'arrêter de fonctionner.

Les mentons s'inclinent pour signifier que tous partagent ce point de vue. Ils ont en commun un respect profond pour l'établissement qui les emploie, et se sentent comme autant de vaisseaux qui irriguent un même cœur – un cœur qu'aucun d'entre eux ne souhaiterait voir cesser de battre.

— Et nous n'allons pas mettre deux cents clients à la porte, ajoute la gouvernante du troisième, qui pense surtout à Maître Aubuisson, seul avec sa mort qui approche.

La révolution l'a déjà privé de ses rêves de sorties nocturnes, elle ne va pas en plus lui ôter celui de la vie de palace.

C'était une bonne idée de fouetter leur conscience professionnelle. Elle est, Roland le sait bien, immense. Le déjeuner de Madame Gould redevient à cet instant une hypothèse plausible.

À ce moment, celle qui réprouve le plus les événements actuels prend la parole. Denise, que sa petite taille et sa silhouette menue avaient dissimulée aux regards, se dresse sur la pointe de ses escarpins vernis et s'adresse à ses collègues.

— Il faut maintenir le déjeuner de Madame Gould. Pas seulement parce que nous ne sommes pas en grève. Parce que c'est un test pour votre fameuse autogestion. S'il se passe mal, cela prouvera que nous ne sommes pas capables de nous passer d'un chef.

On procède au vote. Les mains se lèvent ou restent rivées sur les genoux. À une franche majorité, le maintien du déjeuner est voté par l'assemblée générale. C'est la curiosité qui l'emporte : chacun a compris que cette journée ne sera qu'une longue compétition entre Roland et Denise, entre le désir d'utopie et la soumission au réel.

Tous les employés ont regagné leur poste. Il est maintenant bientôt onze heures. Dans la salle à manger, on balaie les dernières miettes de toasts sur les nappes damassées. La nouvelle s'est propagée Dieu sait comment depuis le hall d'entrée jusqu'aux soupentes. Nul ne peut plus ignorer le caractère insigne de cette journée. Les membres du personnel sont chez eux. La direction a été remerciée. C'est, en quelque sorte, le monde à l'envers.

Passé l'effroi premier, les habitants du palace se détendent peu à peu. Les clients les plus difficiles cherchent en vain un motif de plainte. Les chasseurs, les femmes de chambre, les maîtres d'hôtel sont aussi nombreux et aussi efficaces. Et même les vieux habitués de l'hôtel, ceux qui appellent certains employés par leur prénom, et poussent parfois la familiarité jusqu'à prendre des nouvelles de leur famille, même eux n'auraient pas su dire ce qui, de la déférence ou de l'ironie, l'emportait dans leur regard.

Les clients pourtant sentent que quelque chose d'infime a changé dans l'atmosphère : une allégresse nouvelle se devine dans les gestes jusque-là mécaniques du personnel. Si le sens de l'Histoire, c'est la gaieté permise, personne n'y trouve rien à redire.

Ils vont peut-être s'habituer à la révolution.

Lucien Grapier a bien entendu voté pour le maintien du déjeuner. Les événements de ces derniers jours ont ravivé l'une de ses inquiétudes. Il a observé chaque soir aux actualités télévisées l'allure des manifestants. Et à voir les jeunes gens se vêtir n'importe comment, il redoute que le personnel des hôtels, dans ses uniformes impeccables, finisse par devenir bien plus élégant que les clients qui y descendent. Le concierge du Meurice a la nostalgie d'une époque où les femmes s'habillaient longues et avaient, pour descendre les escaliers, ce geste ravissant de saisir le bas de leur robe et de la soulever jusqu'à la cheville, où les hommes se chaussaient de velours bleu nuit ou vert bouteille pour venir dîner à la salle à manger, où l'élégance était la norme. Ces gens du monde qui savent si bien s'habiller, il se demande parfois si on les reverra après les événements. Pour lui, le déjeuner de Florence Gould est sans doute le baroud d'honneur d'un milieu condamné à se dissoudre dans le monde moderne.

Sylvain, le barman, vient d'ajuster sa veste blanche et de serrer le nœud de sa cravate noire. Derrière le comptoir en acajou du Fontainebleau, le charmant bar Arts déco du rez-de-chaussée, il constate avec satisfaction que les bouteilles sont rangées, cognacs dorés qui n'attendent que la lumière du soir pour scintiller, portos rendus plus sombres encore par la lumière blême d'avant midi. À ses côtés, s'agitant sous la fresque où une jeune femme chevauche une meute de lévriers, une nouvelle recrue de l'hôtel, un transfuge du Royal de Deauville qui va se former pendant six mois au bar du Meurice. Il est arrivé ici au terme d'un recrutement pointu, et la direction fonde de grands espoirs sur lui.

Sylvain lui enseigne depuis le début du mois les bases du métier. Il a commencé par les fondamentaux : *Les personnalités aiment venir dans un bar de palace pour passer inaperçues, et les autres apprécient qu'on les traite comme des personnalités.* La recrue n'a pas osé lui poser la question qui le taraudait : comment se comporter avec le client en cas de doute ?

Le barman est un artiste, répète souvent Sylvain, qui se fait une haute idée de son métier. Il crée, lui aussi. Il invente, lui aussi. Il fait du neuf avec du vieux. Il enchante les sens. Et contrairement à son collègue chef de cuisine, on peut l'apercevoir, le saluer, le féliciter derrière son comptoir. Un soir, Sophia Loren, buvant son mythique Bellini, lui a dit que grâce à lui, elle voyait la vie autrement. Mais au regard de la postérité, il se demande s'il n'aurait pas mieux valu être son homologue du Ritz qui a créé le bloody mary pour Hemingway. Il soupçonne que, dans un pays comme la France, le mythe des grands écrivains survit à celui des stars de cinéma.

Sylvain attend son second chaque matin, au moment où le bar est vide. Au programme de cette journée du 22 mai, il est prévu de lui apprendre comment refroidir les verres avant de les remplir, *car le froid atténue le goût de l'alcool et libère la saveur des autres ingrédients.* Dans l'évier, les glaçons attendent le début de la démonstration.

À cette heure de la journée, la pièce devrait être déserte.

Pourtant, une longue silhouette en costume cravate se tient raide sur l'un des tabourets.

Ce n'est pas la présence d'un buveur à cette heure matinale qui surprend Sylvain. Il a fait ses classes au bar du Shelbourne, à Dublin, et sait depuis cette époque que l'horloge et la soif ne sauraient toujours concommiter. C'est l'allure de cet homme qui le frappe. De toute évidence, il ne s'agit pas d'un client de l'hôtel. Le bar est un lieu où l'on vient se prélasser. Séduire une femme. Échafauder les premières lignes d'un roman. En un mot, prendre son temps.

Or tout, dans le comportement de cet homme – dans son regard aux aguets, dans ses fesses et ses épaules sur le qui-vive, dans sa façon instable de se tenir au bord du siège, comme si un danger imminent pouvait le conduire à partir dans la minute –, tout trahit la conscience professionnelle.

À présent qu'il n'est plus seul, l'homme se sent obligé de commander un verre. Sylvain lui sert un Perrier rondelle sans un mot.

On apprend beaucoup à regarder les gens boire.

Un client qui adresse plus de six mots au barman est un client qui a des choses à cacher. Celui-ci a l'air décidé à en proférer bien davantage, de toute évidence enchanté d'avoir enfin un interlocuteur. Aux questions que lui pose l'inconnu, Sylvain sait très vite à qui il a affaire. Cet homme est envoyé par le gouvernement en personne.

Il faut dire que la nouvelle de l'occupation de l'hôtel par son personnel avait causé un effroi certain en haut lieu. Un ministre, qui ne connaissait pas la même félicité conjugale que le Général, avait ses habitudes dans une délicieuse chambre du troisième étage, où une toile de Jouy pourpre étouffait le vacarme des automobiles. Il y recevait de jeunes comédiennes pleines d'ambition qui, le temps d'un après-midi, lui faisaient oublier les soucis de sa charge. Les veilles de vote d'une motion de censure, on était certain de croiser son costume trois-pièces à fines rayures dans l'ascenseur capitonné de l'hôtel. Sans détenir encore un portefeuille de premier plan, il était pourtant, selon les observateurs, promis à une brillante carrière politique (qu'il fit, en effet, par la suite – mais c'est une autre histoire).

En apprenant que Le Meurice avait, lui aussi, été contaminé par la révolution qui gangrenait le pays, le ministre s'était senti personnellement insulté. Il tenait en grande estime le directeur de l'hôtel, qui lui consentait des prix très inférieurs à ceux du marché, au motif que l'Histoire n'est qu'une éternelle répétition et qu'autrefois, Louis-Napoléon Bonaparte avait élu Le Meurice pour abriter ses amours avec miss Howard. Une actrice, déjà. Un homme politique, encore. L'adultère, toujours.

Le directeur avait, à chaque passage du ministre, l'impression que ce lieu avait du génie : il savait faire battre les cœurs illégitimes à l'unisson. Et il se réjouissait qu'on en ait fini avec une époque prude où ce genre de clientèle hérissait les touristes. Il ne relisait jamais sans rire la lettre dans laquelle Tolstoï faisait à sa tante le compte rendu horrifié de son séjour au Meurice en 1857 : *Dans la maison garnie où je logeais, il y avait trente-six ménages dont dix-neuf illégitimes. Cela m'a terriblement révolté.*

Toujours est-il qu'une cascade de coups de fil affolés plus tard, on dépêchait sur place l'un des meilleurs éléments du ministère de l'Intérieur. L'un de ces serviteurs de l'État qui ne supportent pas la moindre écharde dans la paume du gouvernement. Une recrue de premier ordre, qui avait fait ses preuves du temps où *les événements*, comme on disait, menaçaient la sécurité intérieure. L'un de ceux qui râlaient, chaque matin, au ministère, à l'heure du premier café et des rapports sur la nuit passée : *Tous ces petits cons qui croient faire la révolution, on voit bien qu'ils n'ont pas fait la guerre d'Algérie.*

C'est lui qui, en cette fin de matinée, boit son Perrier rondelle sans conviction.

Mais ce n'est pas un agent des Renseignements généraux qui va intimider le barman du Meurice. En vingt ans de maison, il en a servi, des représentants de gouvernements, des officiels, des importants. Le général Billotte, qui avait occupé les lieux dès la reddition de Choltitz, avait tenu à ce que les murs du Meurice soient ceux où les Alliés pourraient œuvrer de concert à la paix nouvelle. Les mauvaises réputations ne doivent pas durer plus que le temps nécessaire. Le Lutetia s'en était bien sorti, qui avait fait oublier qu'il avait servi de quartier général à l'Abwehr en accueillant les déportés de retour des camps. Pour Le Meurice, il avait fallu trouver une autre façon d'effacer le passé.

Il y avait d'abord eu les membres du service anglo-américain de recherche des pilotes disparus, installés au Meurice le temps d'achever leur mission – ils avaient l'alcool triste. Sylvain avait toujours l'impression qu'ils venaient lui demander de les aider à dissiper le chagrin causé par la théorie de deuils qu'ils devaient annoncer aux familles. Les conférences internationales de l'après-guerre, surtout, avaient donné lieu à de fréquentes rencontres officieuses dans cette pièce. L'application du plan Marshall par les quatre Grands devait beaucoup aux cocktails de Sylvain. C'était moins sous les lambris dorés des salons du premier étage que dans ce bar qu'on avait dessiné les contours du monde nouveau : maquignonnages d'arrière-salle dont il devinait l'importance en même temps que l'absence de postérité. Jamais les éclats de rire noyés de vodka du délégué russe, les intonations alanguies par le whisky sour du délégué américain, la ferveur du délégué britannique (qui avait été longtemps en poste à Cuba) accrue à chaque nouveau mojito et la voix pâteuse du délégué français – qui tenait fort mal l'alcool – ne figureraient dans les livres d'histoire. C'était dommage car c'est à ces indices que Sylvain mesurait sans erreur l'évolution des négociations. Lorsque l'un ou l'autre, affalé sur le cuir élimé d'un Chesterfield, desserrait son nœud de cravate, posait un mollet sur son genou et réclamait un autre verre, on pouvait être certain qu'un accord serait trouvé avant l'aube.

Tout à l'heure, lors de l'assemblée générale, le barman a voté en faveur du maintien du déjeuner – moins par conviction idéologique que par un souci de voir son bar se remplir de monde à l'heure où les derniers invités de Madame Gould, peu pressés de rentrer chez eux, venaient prendre un ultime verre de fine en commentant les agapes dont ils sortaient et, le cas échéant, médire sur l'insignifiance des voisins qu'on leur avait infligés. Un bar vide est un bar triste.

Mais l'insistance de son interlocuteur lui déplaît. *La motion en faveur de l'occupation était-elle largement majoritaire à l'assemblée générale ? Combien de syndiqués au Meurice ?* Qu'on les laisse tranquilles. Même privé de son directeur, l'hôtel tourne parfaitement depuis ce matin. Aussi Sylvain, qu'on sait pourtant intarissable dès lors qu'il faut raconter des anecdotes sur les personnalités que son métier l'amène à croiser, Liz Taylor et ses trois maris trinquant ensemble, Liza Minnelli qu'il fallait servir à plusieurs

66

reprises, Shirley MacLaine ou Yul Brynner qui avaient adopté son cocktail champagne, reste-t-il mutique. Il ne peut cependant pas ignorer l'ultime question de ce policier bien informé. *Le déjeuner de Madame Gould qui doit avoir lieu aujourd'hui, vous l'avez annulé ?* En quelques mots rapides, il lui répond que le déjeuner aura bien lieu tout à l'heure, conformément à un vote du personnel. Pour la première fois, l'homme esquisse un sourire. Il va pouvoir rédiger un rapport que sa hiérarchie lira avec soulagement et qui lui vaudra, peut-être, une promotion. À son âge, il serait temps d'être nommé inspecteur divisionnaire.

Si le déjeuner de Madame Gould a lieu, c'est que la révolution n'a pas gagné la partie.

Willy, tout juste rentré des Tuileries où les pékinois ont soulagé leur vessie le long des tilleuls, ouvre la porte au visiteur. Jean Denoël est arrivé avec un peu de retard sur l'horaire habituel dans la suite de Florence Gould. La faute à ces taxis en grève, à ces autobus qui ne fonctionnent plus, à ce pays qui se détraque à vue d'œil. Il essuie son front où perlent encore des gouttes de sueur. De tous les déjeuners qu'il orchestre pour la milliardaire américaine, choisissant les invités, dressant des plans de table, confirmant le menu, celui-ci s'annonce comme le plus compliqué de tous. On sera loin des quarante convives habituels. Beaucoup se sont décommandés *en raison des événements*, d'autres annulations de dernière minute pourraient encore survenir. Il redoute la valse des étiquettes à l'heure de l'apéritif, qui conduit en général à des catastrophes mondaines ; dans la précipitation, on oublie les inimitiés des uns et des autres, les cadavres qui traînent dans les placards, les rivalités amoureuses ou littéraires, et on fait des bêtises.

Le lauréat du prix, d'après les échos recueillis auprès de ceux qui l'ont rencontré, est un drôle de phénomène. Et même, à dire les choses franchement, un original. Bernard Pivot, le journaliste du *Figaro littéraire*, qui a été le premier à l'interviewer, raconte partout que le jeune romancier a eu besoin de dix bonnes minutes pour achever sa première phrase. Jean Denoël peut le confirmer, qui a été chargé de prévenir l'écrivain après le vote du 1er mai : son interlocuteur a bafouillé trois mots, incapable de terminer une phrase. Or le protocole oblige Denoël à le placer à la droite de Florence. Saura-t-elle meubler les silences qui trouent, apparemment, sa conversation ? Elle n'a pas lu son livre et ne le lira jamais. L'année dernière, elle a fait un effort parce que le titre du livre primé l'amusait : *J'ai cru trop longtemps aux vacances*, et qu'elle trouvait le lauréat, Éric Ollivier, joli garçon. Il avait des manières, par surcroît. En dépit de ce contexte encourageant, elle a abandonné sa lecture au bout de cinq pages. *Il n'y a pas d'histoire, je n'y comprends rien.* Ce n'était pas bien grave : l'auteur avait encaissé son chèque.

Jean Denoël sait qu'il lui incombe de résumer le roman primé à Florence. Il cherche ses mots. Se souvient des premières lignes. *C'est l'histoire d'un jeune homme qui dissipe son héritage vénézuélien. Il s'appelle Raphaël Schlemilovitch. – Qui dissipe son héritage ? C'est un bon début de livre.* Voilà un mot familier, une histoire qui l'intrigue. En 1953, à la mort de son mari, elle a hérité d'une fortune immense. Par testament, Franck Jay Gould lui a légué la totalité de sa fortune américaine et un tiers de sa fortune immobilière française. Naturellement, ses deux belles-filles ont contesté les volontés paternelles. Avec intelligence, Florence a préféré les enrichir elles plutôt que des avocats et a renoncé à un procès interminable. Elle n'a gardé que la fortune américaine. Heureux calcul. Au moment où se déroule cette histoire, elle dispose de huit millions de dollars par an, sans entamer son capital. La pupille en alerte, elle guette la suite du récit de Jean Denoël : elle sent que ce roman va la passionner.

Mais ce n'est pas le sujet du livre, s'empresse de rectifier le secrétaire zélé, qui a senti poindre la méprise. *En fait le narrateur est obsédé par les Juifs et par les écrivains antisémites. Son héros emprunte des identités diverses. Oui voilà* (il hésite, il cherche ses mots, la suite du Meurice, avec son mobilier en faux Louis XVI et ses pékinois qui aboient de l'autre côté de la cloison convient mal à cette discussion, mais après tout c'est son rôle dans l'organisation de ce prix littéraire : faire en sorte que la mécène ait l'air informée du destin de son argent), *c'est un livre sur les identités imaginaires d'un homme hanté par le malheur des Juifs.*

La curiosité de Florence s'est évanouie aussi vite qu'elle était venue. Elle bâille, ouvre son poudrier pour vérifier la blancheur de son teint, rajoute une touche de carmin sur ses lèvres. C'est le signe d'un ennui certain. Denoël renonce à en dire davantage. De toute façon, comment résumer ce premier roman foisonnant, halluciné, obsessionnel ? Personne ne demande à Florence de lire le livre – elle en est incapable ; on lui demande juste de faire semblant de l'avoir beaucoup aimé (*Je déteste faire parler les morts, mais je crois que Roger aurait pensé du bien de votre roman,* elle répète cette phrase chaque année au lauréat, enchanté) et surtout de signer le chèque qui fait office de récompense.

Une chance que le code des impôts américain incite au mécénat. Elle bénit chaque jour celui de ses avocats qui lui a signalé cette opportunité dans la législation fiscale.

Elle n'est pas sourde, et sait bien que certaines chipies parisiennes la traitent de «mondaine basbleu» à cause de ces déjeuners, mais au fond elle s'en fiche. Elle est si attentive à flatter la vanité des écrivains, leur laissant supposer qu'elle se fait d'eux la même idée qu'ils ont d'eux-mêmes (haute, très haute), qu'ils reviennent toujours. Alors, elle continue.

Mieux vaut régler les problèmes pratiques. Les soucis s'agrègent. Dans un hôtel occupé par son personnel, on lui a dit qu'il n'y avait plus de directeur. À qui s'adresser pour modifier l'itinéraire du chemin de croix mondain qui, invariablement, conduit les invités de l'antichambre de Florence au salon Tuileries du rez-de-chaussée? Denoël l'a constaté en arrivant: l'ascenseur est condamné, faute d'électricité. Il ne serait pas raisonnable de faire descendre à pied deux étages aux presque vingt personnes qui, pour le moment, ont confirmé leur venue. L'arthrose de certains ne le supporterait pas. L'orgueil des autres ne s'en relèverait pas. Il faut donc se résoudre à choisir un des salons du rez-de-chaussée pour y accueillir les invités. Mais il sait que l'hôtesse sera contrariée: ce sont ces rituels qui ont rendu célèbres les Meuriciades.

Pourtant, Florence prend les événements avec bonne humeur. Elle a ce côté optimiste des Américains gâtés par la vie. Et un solide sens pratique. *Ne faites pas cette tête d'enterrement,*

Jean. Plus d'électricité? Tant mieux! Nous déjeu-nerons aux chandelles. Ce changement, au fond, l'enchante: aucune lumière ne sied mieux au teint des femmes.

Denoël recompte à haute voix les invités. D'habitude, le déjeuner mensuel de Florence Gould réunit une quarantaine de convives. Ils seront bien moins nombreux aujourd'hui. Il ne faudrait pas que cette édition du prix Roger-Nimier ait l'air d'une fête au rabais. Ce ne serait pas élégant vis-à-vis de la mémoire de l'écrivain, et préjudiciable à un prix dont la notoriété est encore fragile. Florence est d'accord, mais à qui faire signe à la dernière minute, sachant que les déplacements dans la capitale sont devenus presque impossibles? Ayant toujours considéré que son rôle à elle se borne à signer des chèques et que l'intendance est priée de suivre, elle disparaît dans sa salle de bains où, pendant qu'elle se pomponne, Jean Denoël aura eu le temps de trouver une solution.

Dans les cuisines du sous-sol, l'atmosphère ne s'est pas améliorée, loin s'en faut. Le chef, qui n'a pas voté la motion en faveur du main-tien du déjeuner, vient de recevoir la visite de Mademoiselle Arnaut, la secrétaire de la mil-liardaire, venue confirmer que Madame Gould souhaitait le menu habituel. *Vous savez que les*

Halles sont en grève, comme le reste du pays ? La secrétaire a accueilli cette remarque avec l'indifférence de celle qui chaque jour doit se plier à des caprices absurdes, vieille fille dévouée et sans imagination. Elle a connu bien pire que cette querelle de menu, comme le jour où sa patronne l'a envoyée faire le tour des chapeliers parisiens, au motif qu'elle avait été horrifiée par le couvre-chef troué par les mites de Paul Léautaud. *Débrouillez-vous, Madame Gould tient à ce que son déjeuner ne diffère pas des autres.* Elle en a de bien bonnes, mademoiselle Arnaut. Où va-t-il trouver les belons dont raffole Madame Gould, les endives braisées au gruyère, les fraises et la glace à la vanille qu'elle exige ?

Ce déjeuner est un crève-cœur pour cet employé qui se fait une haute idée de son métier, cet enfant par la main gauche de Vatel, d'Escoffier et des autres. Il sait bien que dans tout Paris, on se gausse, on ricane, on persifle : nulle part on n'a plus mal mangé qu'à la table de Florence Gould. Ce n'est pas sa faute à lui si elle impose à ses invités de partager les humiliations qu'elle inflige à son estomac, dans le but vain de maigrir. Il paraît que certains ont tellement faim en sortant de table qu'ils se précipitent dans un café voisin pour commander un jambon-beurre. Elle voudrait saccager la réputation du chef cuisinier qu'elle ne s'y prendrait pas autrement. Les clients de l'hôtel sont mieux nourris que les invités des Meuriciades. Mais les clients repartent un jour dans leur pays alors que les amis de Madame Gould jacassent dans la capitale.

Douze années de rancœur remontent tout d'un coup à la surface. Il est de si méchante humeur qu'il houspille pour un rien le jeune marmiton qu'il avait giflé un peu plus tôt. Lequel finit, exaspéré, par dénouer son tablier et annoncer à la cantonade qu'il ne passera pas une minute de plus dans cette *boîte de tortionnaires. – Tu veux démissionner ?* rétorque le chef de cuisine avec une ironie méchante. *Très bien, mais je te rappelle que nous n'avons plus de directeur. Il n'y a plus personne pour l'accepter, ta démission.*

Personne n'avait songé que l'autogestion rendait autant prisonnier que libre.

Il y avait au Moyen Âge, à l'approche du nouvel an, une journée des fous. Ce jour-là, dans les abbayes, dans les monastères, dans les églises, la hiérarchie religieuse valse dans la liesse. Un simple diacre se proclame évêque et revêt les ornements pontificaux. Un moine discret devient pape. Les principes les plus élémentaires sont piétinés. Les prêtres, barbouillés de lie, chantent des chansons obscènes. Ils vont jusqu'à promener par la ville des hommes entièrement nus. Les dés roulent dans les églises, les voyous prennent possession de la rue, les jongleurs et les acrobates sont les rois de la cité. Chacun endosse les habits d'un autre et joue un rôle. La journée des fous est attendue par tous et donne lieu à de formidables réjouissances populaires. L'ordre des choses a vécu. Le lendemain, pourtant, chacun revient à sa place, comme délivré des chimères de la révolte par cette parenthèse festive.

Le chef de cuisine, oubliant la brigade qui attend ses ordres, songe à ce jeune marmiton dont il ne connaît pas le prénom. Il a des remords, à présent. Le chef n'est pas un homme méchant, c'est un homme fatigué. Un homme qui, depuis plusieurs jours, doit déployer des trésors d'imagination pour nourrir deux cents personnes, alors que l'essence manque et que de nombreux fournisseurs ont baissé leur rideau de fer en attendant des jours meilleurs. Un homme qui doit chaque matin amender sa carte, rétrécir ses menus, modifier ses recettes ; et chaque soir se justifier auprès des clients contrariés : non les oranges amères n'ont pas été livrées, pas plus que les ananas et les melons, quant aux crustacés, ils se vendent sous le manteau et au prix du caviar.

Il se souvient que c'est ce marmiton qui a lancé, pendant l'assemblée générale, ce slogan en forme de provocation : « Meuriciades-mascarades ».

75

Qu'il a refusé de battre des œufs en neige ce matin, au nom de l'autogestion.

Et si ce blanc-bec à peine sorti de l'enfance avait raison ?

En ce moment même, sont en grève les taxis et les concierges des immeubles parisiens, les conducteurs du métro et les poinçonneurs des autobus, les danseuses des Folies-Bergère et les musiciens de l'Opéra de Paris, les ouvriers de chez Renault et ceux de Kléber-Colombes, les pâtissiers de la biscuiterie LU et ceux des Bêtises de Cambrai, les réalisateurs de l'ORTF et les jurés du Festival de Cannes, les footballeurs professionnels et les comédiens des théâtres, les salariés de la météo et ceux des grands magasins. Chaque heure, la liste enfle. On ne travaille plus à la Lainière de Roubaix et aux abattoirs de la Villette. Les fossoyeurs de la Ville de Paris ont suivi le mouvement, en sorte que les morgues sont pleines. Dix millions de Français ont cessé de travailler. Le pays entier ou presque réclame, manifeste, fait entendre sa voix et lui seul continuerait à ignorer cet esprit de rébellion, c'est-à-dire à céder aux caprices les plus absurdes d'une cliente ?

Ce menu l'afflige. Des belons au mois de mai ? C'est une hérésie. À Cancale ou au Pyla, passe encore, mais dans cette ville où la chaleur du printemps s'est enfin installée, on court au désastre.

76

Quant aux endives, il les exècre. Sans parler des fraises, qui sont d'une banalité indigne d'un palace.

Pourquoi cette journée devrait-elle être insigne pour tout le monde sauf pour lui ?

Déjà, dans son esprit, des noms défilent, des saveurs surgissent, des couleurs jaillissent. Veau Marengo ? Tourte au crabe ? Bœuf Stroganoff ? Il ne sait pas encore de quoi sera fait le menu du déjeuner, mais une chose est sûre, il en sera l'auteur. C'est l'honneur de la profession qui est en jeu. Lui non plus ne veut recevoir d'ordre de quiconque. Il se met à tourner les pages des archives gastronomiques de l'hôtel, espère trouver de l'inspiration chez les anciens. S'il y a un génie du lieu, qu'il réside au moins dans les casseroles. Chaud-froid de sole, consommé d'écrevisse, poularde Rivoli. Il sourit. Sa réputation est sauvée.

Au XVᵉ siècle, la journée des fous a gagné la rue. Le 28 décembre est désormais baptisé la journée des innocents. Les membres du clergé ne sont plus les seuls à se défouler. La population se rue avec ferveur sur cette fête où tout est permis. On peut tout dire et tout faire. Les plus humbles peuvent espérer être couronnés rois. Le sacré est périmé. Tout est prétexte à rire, à se moquer, à se rebeller. On ne s'habille plus – on se grime, on se déguise, on se farde. La vie n'est plus qu'une farce, un carnaval qui aurait deux mois d'avance sur le calendrier. Seule la violence est prohibée ce jour-là, et même les chevaliers doivent respecter une trêve. Nul ne conteste la nécessité de cette liesse, car, au vrai, cette récréation de l'autorité est une soupape de sécurité, « comme on donne de l'air au vin nouveau pour éviter que le tonneau n'éclate » disent les témoins de l'époque. Dès le lendemain, chacun reprend sa place et ne remettra plus en cause l'ordre du monde de toute l'année.

L'ordre, c'est justement là où Denise Prévost est à son affaire. La dame vestiaire du Meurice sait mieux que personne combien tout part à vau-l'eau s'il n'est pas respecté. Elle sait qu'il en va de la survie des êtres et des objets.

Denise sait ce que peu de gens savent : que l'astrakan peluche s'il côtoie un loden, que les manchons en renard ou en loutre ne sauraient frôler une casquette en tweed, au risque d'y perdre leur velouté, que le vison raye le cuir qu'on croit pourtant si résistant, et qu'il ne faut jamais empiler plusieurs chapeaux les uns sur les autres, mais plutôt les disposer à plat sur une étagère. Elle sait aussi ce que savent les auteurs de boulevard et les couples adultères : qu'il n'est pas de plus grande faute professionnelle que de se tromper de propriétaire et de prendre un manteau pour un autre. Il en résulte toujours des catastrophes aux conséquences innombrables. Une seule fois, elle a commis cette erreur. Le manteau contenait une lettre qui n'aurait jamais dû être lue par celui qui, tout étonné de ne pas reconnaître son bien, en avait vidé les poches. Depuis, ce client préfère descendre au Ritz.

Elle exerce son métier d'une façon intraitable et obsessionnelle – désuète, disent les collègues arrivés depuis peu, ces jeunes qui n'ont pas le goût de la perfection. Un cheveu égaré sur l'épaule d'un veston la met hors d'elle. Plusieurs fois, le directeur lui a imposé une stagiaire. Au bout de quelques semaines, elle demandait sa mutation dans un autre service. Les principes de Denise étaient si rigides qu'elle faisait peur à ces jeunes employées qui croyaient, à tort, que le vestiaire était la meilleure planque de l'établissement.

On sait peu de choses d'elle sinon qu'elle a un mari qui travaille dans la police, qu'elle est arrivée à l'hôtel juste après la guerre et qu'elle a élevé les enfants de sa sœur. Elle n'est jamais très gaie mais fait partie de ces êtres qui attirent les confidences. C'est auprès d'elle que chacun s'épanche. Est-ce parce qu'elle passe de longues heures à lire, quand son vestiaire est désert, ou a-t-elle côtoyé tout le spectre de l'espèce humaine dans une vie antérieure ? Quand les jeunes recrues s'étonnent qu'elle garde en toutes saisons des manches longues, les anciens leur expliquent en quelques mots d'où elle vient. *Regardez les chiffres tatoués sur son poignet gauche, vous comprendrez.* Elle a traversé des gouffres dont elle ne parle jamais.

Est-ce à cause de ce passé tragique qu'elle a tant de goût pour le malheur ? Elle est la première à relayer les mauvaises nouvelles, comme si le pire était toujours certain. Elle les répète et les enfle, si bien que ses collègues ont surnommé cet oiseau de mauvais augure « la Chouette », car comme chacun sait, cet animal évoque le mal en raison de ses cris lugubres et de ses habitudes nocturnes charognardes. Elle renifle le drame, épuise le tragique, se repaît du malheur – comme un chien dévore son repas jusqu'à l'os.

Remontant de la cuisine, c'est à Denise que le jeune marmiton est venu faire part de sa colère. Elle écoute ce garçon de vingt ans, qui a l'âge de ces jeunes imbéciles juchés chaque nuit sur les barricades en hurlant « CRS-SS » et en lançant des pavés. Son premier mouvement serait de lui tourner le dos, pour lui faire payer les mots absurdes de ses contemporains. Mais elle l'écoute patiemment, car cette querelle avec le chef lui donne raison. Sans son directeur, l'hôtel est condamné à devenir le théâtre de minuscules soulèvements qui, agrégés au fil des jours, finiront par l'empêcher de fonctionner. *L'autogestion, c'est l'anarchie*, conclut-elle. *Et les hommes ne sont pas assez intelligents pour vivre dans une société anarchiste.*

Jean Denoël refait ses calculs. Quinze personnes. Comparée à toutes celles qui l'ont précédée, cette table s'annonce modeste. Même les glaces du salon Tuileries, qui donnent en général l'impression que l'assistance est deux fois plus nombreuse que dans la réalité, ne parviendront pas à minorer ce désastre mondain. Les désistements se sont accumulés. Chardonne est mourant et ne quitte plus La Frette. Bernard Frank a fait savoir qu'il est à Saint-Tropez où il achève un manuscrit que son éditeur attend depuis deux ans et que de toute façon, il en a assez d'entendre parler de cet *étudiant au nom de machine à laver.* Paul Morand n'est pas sûr d'arriver à temps de Vevey, où l'air est plus pur et les étudiants moins bruyants qu'à Paris. En raison de la paralysie du pays, Kléber Haedens, Jacques Perret et François Billetdoux se sont fait excuser. Seuls Antoine Blondin et Paul Guimard, qui sont eux aussi membres du jury, ont annoncé leur venue. Mais on n'est pas à l'abri d'une annulation de dernière minute, à cause de la grève des taxis.

Il n'y a qu'une seule solution en cette journée où le moindre déplacement est aléatoire : utiliser les ressources locales. En temps normal, Denoël aurait demandé de l'aide au directeur pour transmettre des invitations à certains clients de l'hôtel. Mais depuis ce matin, le directeur n'est plus directeur. La révolution a périmé l'injonction rituelle, *appelez-moi un responsable !* Faut-il s'adresser à un chasseur, voire à un groom, pour régler les problèmes ? Denoël, un peu perdu, redoute de vexer les uns, de heurter les autres – bref, de commettre un impair.

Roland, en tant que maître d'hôtel en chef, passe précisément à cet instant par la suite de Florence Gould pour connaître le nombre exact d'invités. À bientôt midi, il est grand temps que le chef de rang dresse le couvert. Denoël se résout à lui faire part de son trouble et à solliciter son aide pour recruter parmi les pensionnaires de l'hôtel. Avec soulagement, il constate que le ton de Roland n'a rien perdu de ses nuances obséquieuses.

— Je suppose que Monsieur Getty sera des vôtres. Je peux lancer une invitation à Monsieur et Madame Dalí. Vu les circonstances, je ne vois pas pourquoi ils refuseraient. Il n'y a pas d'autre restaurant ouvert dans le quartier, de toute façon.

Jean Denoël lui sourit, soulagé.

— Au cas où vous seriez vraiment dans le besoin, ajoute Roland, je peux réquisitionner notre stagiaire. Un jeune diplômé qui est le petit-fils de notre propriétaire : un garçon plein d'avenir, en somme.

Et Roland, toujours serviable, continue.

— J'ai une autre suggestion à vous faire, si je puis me permettre. Nous avons à la 616 un client très seul, qui serait ravi de participer à ce déjeuner. Il a fait toute sa carrière comme notaire à Montargis. Il a pris sa retraite et comptait découvrir Paris ces jours-ci. Ses journées sont longues en ce moment, étant donné que tous les musées sont fermés. Cela vous ferait un invité de plus, et le salon Tuileries paraîtrait moins vide.

Le sourire de Denoël s'accompagne de gratitude. Grâce à ces invités non prévus, on va atteindre le chiffre de vingt personnes, passage à la dizaine supérieure qui garantit à l'événement sa décence mondaine.

Denoël interroge quand même Florence du regard. Elle approuve avec un grand sourire. Elle collectionne les gens comme elle collectionne les tableaux ; et elle sait que dans la vie comme sur les murs, les génies gagnent en éclat au voisinage des petits-maîtres. Et puis elle aussi redoute que le lauréat ne se vexe si trop de noms manquent à l'appel. Or elle compte bien l'inviter, par la suite, à ses prochaines Meuriciades. Il ne lui déplaît pas de songer qu'un jour, peut-être, elle sera pour quelque chose dans son élection à l'Académie. Elle ne connaît pas le client de la 616 ? Peu importe. Il lui suffit de savoir qu'il réside ici. Elle aime volontiers citer le mot de Léon-Paul Fargue, pour qui la clientèle des hôtels parisiens se divisait en trois catégories : la bonne, la mauvaise et celle du Meurice.

Ce vingtième convive est une bénédiction qui soulage Florence Gould, et donc Jean Denoël. Ce maître d'hôtel est plein de ressources. Si ça continue, eux aussi vont finir par penser qu'on peut se passer d'un directeur au Meurice. *Quelle bonne idée, invitez-le. Donnez-moi simplement son nom.* Roland se dit une fois de plus qu'en cette journée qui ne ressemble à aucune autre, tout est possible. *Il s'appelle Aristide Aubuisson. Vous ne regretterez pas votre geste.* La pensée de la joie qu'il va apporter au client de la 616 le console de l'impression désagréable que lui a fait la requête de Jean Denoël : on le prend pour le nouveau directeur de l'hôtel. Il y a dans cette idée quelque chose qui chiffonne ses convictions, contrarie son ardeur militante, malmène son rêve d'égalité et de fraternité. C'est mal à l'aise que Roland a quitté la suite de Florence Gould.

Le Maître n'a pas été difficile à convaincre. Lorsque Roland Dutertre est venu lui transmettre l'invitation de Florence Gould, il a à peine levé les yeux. Il était occupé à nourrir Babou, son ocelot tigré. Drôle d'animal de compagnie que ce cousin du léopard qui ne sourit que lorsqu'il parvient à s'échapper de la 108-110 et que les clients du

Meurice qui le croisent se mettent à courir comme des rats en poussant des hurlements. À chaque fois, le Maître profère la même fable rassurante : *Babou est un chat comme les autres, c'est moi qui ai peint des rayures sur son dos.* Rassérénés, les clients se calment et se disent que les peintres sont incorrigibles. *Salvador Dalí est libre à déjeuner aujourd'hui,* a-t-il répondu avec sa simplicité habituelle. *Et Madame Dalí pourra se joindre à vous ?* a demandé Roland. Le Maître a hoché la tête. C'est une bonne nouvelle : le déjeuner comptera deux convives de plus. En le voyant quitter la pièce, Babou a lancé à Roland son éternel regard de prince en exil, comme pour lui signifier que la rue de Rivoli est bien loin de l'Amérique du Sud.

En revanche, comme Florence s'y attendait, J. Paul Getty a refusé l'invitation. Les événements actuels l'affligent au plus haut point. Et il fait partie de ces étrangers pour qui, depuis le début de la grève générale, Paris est devenu une prison. Depuis la veille, il a joint trois fois l'ambassade américaine à Paris, et s'est deux fois entendu dire que même pour l'un de ses ressortissants les plus éminents, la représentation diplomatique ne pouvait rien ; la troisième fois, la standardiste n'a même pas transféré sa communication au consul. Il découvre effaré que tous les puits de pétrole du monde ne sont d'aucune aide dans certaines circonstances.

Il a fallu que Florence elle-même lui téléphone pour qu'il change d'avis. Ce qui est bien avec les Américains très gâtés, c'est qu'ils ne s'encombrent pas de litotes.

— Crois-moi, lui a-t-elle dit, je n'aime pas plus tout ce cirque que toi. Et si tu penses que cela me fait plaisir d'entendre critiquer le général de Gaulle à longueur de journée... C'est quand même lui qui m'a remis la Légion d'honneur !

— Mais Florence, ce personnel qui occupe l'hôtel, c'est tout de même très inquiétant, non ?

— Je les connais tous depuis des années... *Ils* ne sont pas des assassins en puissance, je peux te le jurer. Ils ne nous couperont pas la tête, mon cher Paul... Ou bien s'ils veulent le faire, je te promets que je monte en premier sur l'échafaud !

Elle éclate d'un rire rassurant, sans arrière-pensée, roboratif. Et ajoute :

— Je suis certaine que cette parodie de révolution va s'essouffler d'abord, s'épuiser ensuite. Il n'y a qu'à attendre. Alors autant le faire en bonne compagnie ! Mets une cravate et viens déjeuner avec nous, cela te changera les idées.

J. Paul Getty a cédé, naturellement. À la réflexion, ce déjeuner le distraira, après tous ces tête-à-tête avec la cloche en métal argenté de son room service.

Le déjeuner des barricades

Aristide Aubuisson avait rêvé de cette semaine de fête comme un enfant attend Noël. Lui qui avait vécu une existence rangée et laborieuse se voyait déjà, au sortir du spectacle, héler un taxi et exiger avec morgue : *Au Meurice !* Mais à Paris, il n'y a plus ni spectacles, ni taxis. Seul reste l'émerveillement sans cesse renouvelé de demeurer dans cet hôtel où le personnel le choie depuis le premier jour avec une prévenance inouïe, cette impression de s'embarquer chaque matin sur un tapis roulant où le moindre de ses désirs est exaucé après un coup de sonnette impérieux. Au moins, la vie lui aura offert cette satisfaction ultime.

Depuis qu'il réside au Meurice, une question le taraude : pourquoi dit-on que l'on *descend* dans un hôtel ? Il lui semble plutôt qu'on monte dans ce lieu qui a l'allure, le confort, l'agrément du paradis. On quitte le quotidien et ses préoccupations triviales, faire les courses, préparer un repas, ranger sa chambre. Hors des contingences matérielles, la vie y est plus légère et plus douce.

Lorsque Roland lui a transmis l'invitation de Florence Gould, il a d'abord cru à une farce ou à une erreur. Peut-être le confondait-on avec un autre client du Meurice ? Le maître d'hôtel a dû insister :

— L'apéritif sera servi à une heure dans le salon Pompadour. C'est un déjeuner qui est donné en l'honneur du lauréat du prix

Roger-Nimier, Madame Gould compte absolument sur votre présence.

Voyant qu'Aristide Aubuisson reste sceptique, Roland croit pouvoir s'autoriser quelques arrangements avec la vérité – il sait à quel point cette présence est cruciale pour les organisateurs.

— Madame Gould rêve de s'offrir une maison dans la région de Montargis, elle compte sur votre expérience.

Le client n'a toujours pas l'air convaincu. Peut-être sait-il que la milliardaire possède une somptueuse villa à Juan-les-Pins ? Les journaux ne manquent jamais une occasion de signaler le nom des invités qui assistent aux fêtes qu'elle aime y donner, les beaux jours venus.

Un mensonge gagnant à être enrichi de détails, Roland, qui n'a jamais été plus loin que Moulins, ajoute :

— La Côte d'Azur est bondée depuis que les gens se sont mis à aimer le soleil. Rien n'égale le charme de la campagne française.

Conquis et transporté de reconnaissance, Aristide Aubuisson bafouille qu'en ce cas, il sera ravi. Qu'il sera à l'heure. Qu'il est enchanté à l'idée de faire la connaissance d'une si célèbre mécène. Qu'il. Roland le coupe et s'éclipse. L'heure tourne, il a encore beaucoup à faire.

Pour la première fois depuis que le notaire est ici, son estomac ne le fait plus souffrir et il a même l'impression qu'il a de l'appétit. La vie vous fait de ces cadeaux.

Au réfectoire, c'est l'heure du déjeuner pour le personnel. Les maîtres d'hôtel ont pris soin de nouer une serviette autour de leur cou pour épargner leur plastron immaculé, les femmes de chambre et les garçons d'étage ont enfin l'occasion de s'asseoir et de reposer leurs jambes gonflées par l'effort. Ils ne sont pas si différents des clients au fond, et comme eux commentent l'actualité avec passion. Cette grève générale qui complique leur tâche, les contraint à dormir sur place et vide peu à peu l'hôtel de sa clientèle ne leur déplaît pourtant pas. Il y a dans l'air, ces jours-ci, une joie de vivre, une ardeur à laquelle il est difficile de résister. Tous, ils attendent avec curiosité le dénouement de ce printemps unique.

Il est midi pile. *Hubert, transistor!* Servile et efficace, le stagiaire a apporté le poste au directeur, comme un laquais prévenant tendrait son épée à un seigneur de la cour. C'est l'heure du flash d'informations sur Europe numéro 1. Pour avoir quelques minutes de tranquillité, le directeur s'est débarrassé du jeune homme : *Ne restez pas planté là. Allez faire un tour au bar et voyez quelles marges nous faisons sur les cocktails. Ce sera instructif.*

Depuis hier, on débat à l'Assemblée nationale de la motion de censure déposée par l'opposition. Les députés sont très en verve. Gaston Defferre a déclaré qu'après les événements que le pays vient de vivre, «nous sommes entrés dans la période du post-gaullisme et ce, dans de mauvaises conditions». François Mitterrand décrit, avec des accents dramatiques, un pouvoir désemparé, une police lancée à l'assaut de la jeunesse, et en appelle à de nouveaux accords Matignon, dans la continuité du Front populaire. Edgard Pisani, qui fut pourtant ministre de l'Agriculture du Général, affirme qu'il votera la censure et démissionnera aussitôt après de son siège de député. Le Premier ministre, Georges Pompidou, répond qu'il tâchera d'être à la hauteur du destin qui lui a été donné. Vociférations prévisibles qui n'émeuvent au fond que les jolies journalistes postées en embuscade dans la salle des Quatre-Colonnes et laissent à penser que rien n'est réglé. Le directeur éteint son poste de radio et songe avec tristesse que le ministre n'est pas venu, comme il en a l'habitude, se délasser au Meurice. Il a pris peur, c'est certain, et n'a pas voulu se montrer dans un établissement où, comme ailleurs, on conteste le gouvernement auquel il appartient.

Depuis qu'il est entré dans le bar, le stagiaire est en plein bonheur. Non qu'il ait un penchant pour l'alcool. Et les marges gagnées sur la fabrication des cocktails l'indiffèrent au plus haut point. Il se moque des chiffres. Ces études, ce stage, cette carrière programmée, c'était pour faire plaisir à son grand-père. Au vrai, l'hôtellerie n'a jamais été son ambition. Le commerce pas davantage. S'il avait pu choisir sa voie, c'est vers l'armée qu'il se serait tourné. Depuis sa première collection de petits soldats, il ne pense qu'à devenir militaire. Quand il avait émis ce souhait, son grand-père avait balayé son ambition d'une réplique méprisante : *Dans l'hôtellerie aussi, on porte des uniformes.* Il s'était résigné à enterrer son rêve. Et à faire le même métier que son père et le père de son père.

Mais voilà qu'au Fontainebleau, il est tombé sur un agent des Renseignements généraux qui s'ennuie et qui est ravi d'avoir enfin un interlocuteur plus prolixe que le barman. Ils ont entamé une conversation sur la France ou ce qu'il en reste, les colonies bradées, les protectorats envolés, l'Empire défait. Tout naturellement, ils ont enchaîné avec les événements du jour, ces émeutes qui se répètent, ce pays qui part à vau-l'eau. Pour la première fois, le jeune héritier trouve de l'intérêt à son stage.

Il doit hélas interrompre cette conversation quand le réceptionniste fait irruption dans le bar pour lui dire que son grand-père cherche à le joindre de toute urgence au téléphone. C'est une voix anxieuse qui s'adresse au stagiaire. L'aïeul, on le comprend, s'inquiète de savoir la prunelle de ses yeux recluse au milieu d'un aréopage de contestataires. Il redoute que l'on s'en prenne à sa descendance, ce rejeton du patronat capitaliste. Il prie Hubert de déguerpir sur-le-champ de cette poudrière où la lutte des classes fait rage. *C'est tout à fait impossible, Grand-Père, je dois participer au déjeuner de Madame Gould*. À l'autre bout du fil, le président-directeur général est un peu rassuré. Si le déjeuner n'a pas été annulé, c'est que le pire n'est pas encore advenu. Dans ces temps troublés, on a les boussoles qu'on peut.

Sitôt l'invitation de Florence Gould acceptée, Aristide Aubuisson s'est précipité à la librairie Galignani, voisine du Meurice sur la rue de Rivoli. Il tient absolument à se procurer le roman qu'on récompense tout à l'heure et à en lire les premières pages avant le déjeuner, au cas où il aurait la chance d'échanger quelques mots avec son auteur. À Montargis, c'est ainsi : on ne fait pas les choses à la légère ; et on ne part pas à la rencontre d'un artiste sans avoir auparavant fréquenté son œuvre.

La librairie Galignani est l'un des derniers endroits encore ouverts à Paris. Ici, pas de banderoles, pas de revendications, pas d'assemblée générale. Le directeur, un homme à principes, n'aurait pas toléré la moindre esquisse de rébellion. Au reste, jamais la librairie n'a fait un tel chiffre d'affaires. À cause des musées et des salles de spectacle fermées, de la peur de mettre le nez dehors à la nuit tombée, la lecture est devenue la principale distraction en ces temps troublés.

Aristide Aubuisson erre de longues minutes devant les étagères de bois ciré, hésite sous les quincias, laisse son regard traîner sur les grandes tables où l'on a placé les nouveautés. Finalement, s'adresse à une libraire, une femme blonde que la nature a dotée d'un grand sourire solaire. *Je cherche le roman qui vient de recevoir le prix Roger-Nimier. Malheureusement, je ne connais ni le titre, ni le nom de l'auteur et encore moins celui de l'éditeur.* Elle réfléchit quelques instants. *Vous voulez parler de* La Place de l'étoile? *C'est sorti en mars, chez Gallimard. Un instant, je vais vous le chercher. Je ne l'ai pas encore lu, mais on m'en a dit le plus grand bien. — Quel drôle de titre,* fait remarquer le client, *c'est aussi celui d'une pièce de théâtre de Robert Desnos.* La libraire le regarde avec étonnement: *On ne croise pas des clients si cultivés tous les jours. — C'est que j'aime beaucoup les poètes,* explique Aristide, comme pour s'excuser.

Il a jeté un œil rapide sur la couverture blanc cassé cernée de filets rouges puis a regagné l'hôtel.

Quelques minutes plus tard, la tête blottie dans les oreillers, le pensionnaire de la 616 a commencé sa lecture. «C'était le temps où je dissipais mon héritage vénézuélien. » Voilà une phrase qui ne peut pas laisser indifférent un notaire honoraire. Il sent que ce roman va lui plaire.

Ce qui devait être accompli l'a été. Chaque geste minutieux va maintenant trouver son sens. Chacun est à son poste. Ils sont prêts.

Il y a, dans les derniers instants qui précèdent une fête, une minute magique où la tension s'épuise d'elle-même. Elle ne sert plus à rien. À ce moment précis, le spectacle peut commencer.

*
* *

— Eux aussi !

C'est la remarque stupéfaite que les premiers invités de Florence Gould ont faite au chasseur venu, dès qu'ils ont posé le pied sur le trottoir de la rue du Mont-Thabor, les avertir de ce qui se passait. Pour parvenir jusque-là, ils ont dû slalomer entre les détritus et les tracts froissés. Il leur a fallu une bonne dose d'agileté pour épargner leurs escarpins vernis et leurs mocassins en daim. Une heure vient de sonner au clocher de l'église Saint-Roch. S'ils s'attendaient à ça ! Le Meurice est le dernier endroit au monde où ils auraient pensé se retrouver face à la contestation. Les souverains en exil doivent se retourner dans leur tombe. Les idées révolutionnaires sont décidément une gangrène qui ne connaît plus de limite.

Sur le visage des femmes, on peut lire un profond soulagement : quelle bonne idée c'était de choisir ce matin dans leur penderie une tenue très simple, comme si elles avaient oublié jusqu'au prénom des grands couturiers. Et de sortir sans bijoux. C'était le trajet qui les inquiétait : elles risquaient de croiser un groupe d'enragés – soudain revenues au Moyen Âge, où sur la route de n'importe quel voyage guettaient des brigands prêts à vous détrousser, ou pire encore. Il fallait éviter les provocations. Elles se félicitent à cette minute de la simplicité de leur mise.

Ils piétinent quelques minutes devant Le Meurice, partagés entre la méfiance (est-il bien raisonnable de se rendre dans l'œil du cyclone ?), la curiosité (entrer dans une entreprise occupée par son personnel, c'est une première pour eux, quels récits ils vont pouvoir faire dans les prochains jours…) et la crainte de se jeter dans la gueule du loup (comment réagir si le personnel devient agressif ? Après tout, nous représentons sans doute tout ce qu'ils détestent). Ce palimpseste de sentiments tord leurs visages et freine leur élan mondain. *Dieu sait où nous mettons les pieds,* murmure un invité sur le point de faire demi-tour. Cet hôtel où ils sont venus des dizaines de fois, cet hôtel que leurs parents fréquentaient déjà avant la guerre, cet hôtel soudain les intimide. C'est donc d'un pas hésitant que des femmes qu'on avait connues jusque-là plus conquérantes à l'heure de pénétrer dans un salon, des hommes qu'on avait vus plus sûrs de leur infinie supériorité sur leurs semblables, se décident enfin à pousser la porte tambour de l'hôtel.

Encore éblouis par le soleil de la rue, ils clignent des yeux, hésitent, aperçoivent le concierge et se précipitent vers lui, tout heureux de retrouver cette vieille connaissance. *Monsieur Lucien, quelle joie de vous voir fidèle au poste!* Dans leur regard, le concierge peut lire l'immense soulagement qu'ils éprouvent à le voir vêtu de son uniforme habituel et à l'entendre leur parler avec son obséquiosité coutumière. Si les révolutionnaires portent toujours la queue-de-pie, c'est bon signe, semblent dire leurs sourires rassurés. Le grand soir n'est peut-être pas si imminent qu'on le dit.

De son côté, Lucien Grapier voit dans leur allure la confirmation de ses craintes. Il l'avait prédit. Si les hommes portent encore une cravate, les femmes en revanche sont arrivées dans des tenues austères. Les événements de ce printemps, Lucien en est certain, signent la fin d'une époque : au rythme où vont les choses, les femmes du monde porteront bientôt les mêmes guenilles que les étudiants révoltés ; et son successeur à la conciergerie sera mieux vêtu que les clients qu'il renseignera. Désormais, on s'habillera court, on s'habillera peu, on s'habillera mal.

Wallis, c'était quand même autre chose, songe le concierge à la nostalgie incurable.

Au vestiaire, les invités ont une autre bonne surprise : c'est Denise qui, fidèle au poste, prend leurs manteaux. Elle est, comme toujours, plus aimable avec certains qu'avec d'autres ; c'est qu'elle sait par avance qui lui laissera un pourboire à l'heure du départ. Si le faste la laisse indifférente, elle méprise en revanche la mesquinerie. Les invités se détendent peu à peu. Le Meurice reste Le Meurice, révolution du personnel ou pas.

Roland les conduit dans le salon Pompadour, où se prendra l'apéritif. Les gants blancs du maître d'hôtel en chef leur font la meilleure impression. Si les disciples de Lénine et de Trotski portaient ce genre d'accoutrement, cela se saurait. Mais certains s'étonnent : nous n'allons pas dans l'antichambre de Madame Gould, comme d'habitude ? Il faut leur expliquer les coupures de courant, l'ascenseur impraticable, la géographie mondaine bousculée par la faute de la grève générale. Ils hochent la tête, compréhensifs. Un instant, ils avaient cru qu'on avait privé leur hôtesse de ses appartements, comme autrefois on avait chassé Marie-Antoinette de son palais. Une fois de plus, l'angoisse n'avait pas lieu d'être.

À la décharge de ces invités craintifs, il faut dire que tout, dans ce décor, évoque Versailles : le mobilier en faux Louis XVI, les murs du salon Tuileries tapissés de miroirs comme une copie de la galerie des Glaces, et cet improbable ascenseur qui reproduit la chaise à porteurs de la reine. Même le salon des Quatre Saisons, où la direction avait il y a trois ans fait des concessions à l'air du temps en remplaçant la verrière par un plafond peint représentant la voûte céleste et en couvrant le sol d'une moquette à motifs géométriques, avait conservé ses colonnes doriques érigées en hommage au salon de la Paix à Versailles.

Les invités faisaient le rapprochement à chaque Meuriciade.

Aujourd'hui que la crise est à son paroxysme, que le pouvoir semble menacé, que l'on se bat chaque nuit dans les rues, la comparaison avec Versailles s'impose encore davantage. Combien de temps avant l'assaut des insurgés ? Ils y pensent tous, dès les premières minutes de ce qui devrait être une parenthèse au milieu du trouble. La faute à Jean Chalon, un des premiers arrivés, qui répond quand on lui demande ce à quoi il travaille en ce moment qu'il rédige une préface aux *Mémoires de Madame la duchesse de Tourzel* et que c'est frappant, toutes ces coïncidences entre les débuts de la Révolution et ce qu'ils vivent aujourd'hui. Sur celle qui fut la gouvernante des enfants de Louis XVI, qui partagea une cellule avec la duchesse de Lamballe, qui s'enfuit à Varennes avec la famille royale, il est intarissable. Rappeler ces événements tragiques un jour comme aujourd'hui, c'est d'un goût douteux. On fait taire ce fâcheux lorsque, emporté par son sujet, il se met à décrire la façon dont madame de Tourzel fut prise à partie par des révolutionnaires, *à deux pas d'ici, dans le jardin des Tuileries.* Quelqu'un lui fait remarquer que les similitudes avec la Révolution française s'arrêtent là. Que s'ils devaient fuir ce soir comme la famille royale, ils ne le pourraient pas puisqu'on ne trouve plus une goutte d'essence. Que c'est demain le jeudi de l'Ascension et que les maisons de campagne vont être bien vides. Des hochements de tête approuvent cette intervention.

Le salon se remplit peu à peu.

En attendant Florence qui tarde, on papote, on cause, on s'inquiète de concert dans un entre-soi réconfortant.

— Savez-vous qu'hier, des manifestants ont peint le monument aux morts de Strasbourg en rouge ? chuchote l'une, de peur d'être entendue par un serveur.

— Le monument aux morts ? Ils ne respectent vraiment rien ! s'indigne une autre.

Une troisième regarde sa coupe de champagne et la trouve soudain parfaitement déplacée vu les circonstances. Après tout, dans les déjeuners de famille qui suivent les messes d'enterrement, c'est la seule boisson qu'il est de bon ton de ne pas proposer. Elle fait signe à Roland et lui demande un jus de tomates. Quand il lui apporte son verre rempli d'un beau liquide carmin, elle trouve ce breuvage tout aussi inappropriée – cette couleur, tout de même ! Un gin tonic aurait été plus adéquat.

La situation dans Paris est vraiment très inquiétante. Sur ce point, ils sont tous d'accord.

— Savez-vous qu'on parle à présent de nationalisations ? enchaîne une autre d'une voix stridente.

— En effet, confirme le critique Jacques Brenner, il paraît qu'à l'Union des Écrivains, Michel Butor aurait demandé la nationalisation de Gallimard. Claude Gallimard, qui lui verse des mensualités, n'a pas trouvé cette proposition très heureuse.

— C'est la fin du Capital ! prophétise un invité d'un air sombre qui ajoute, l'air informé : Tout cela est orchestré par la Chine.

La Chine ! Ils se regardent tous. Si c'est vrai, le pire est à craindre.

Heureusement que J. Paul Getty a depuis longtemps oublié les leçons de sa gouvernante française (qui, au reste, ne comportaient pas l'apprentissage du mot «Capital»), car il est enfin descendu de sa suite carcérale et salue chacun à tour de rôle, sans comprendre pourquoi tout le monde le regarde soudain avec compassion. Chacun se précipite pour le saluer, ayant l'impression de parler au représentant d'une espèce bientôt disparue.

Ils ont complètement oublié le personnel du Meurice qui occupe l'hôtel et Roland, le délégué syndical en gants blancs qui tourne autour d'eux avec son plateau en argent. L'inquiétude est telle que plus personne ne songe à chuchoter.

Il y a quelques jours encore, pourtant, tout le monde trouvait ces rassemblements d'étudiants hautement divertissants. Les femmes du monde s'étaient précipitées à la Sorbonne d'abord, à l'Odéon ensuite, non sans prendre la précaution de retourner vers l'intérieur de leur paume le chaton de leur bague, avec la curiosité juvénile de celles que tout amuse.

Elles ne voulaient pas passer à côté de l'événement.

Elles voulaient lire cette page du roman national qui était en train de s'écrire.

Elles voulaient visiter la Révolution.

Il n'y avait plus d'université, il n'y avait plus de théâtre : on se rendait dans des « permanences révolutionnaires créatrices ». Le spectacle était gratuit. Elles avaient écouté les palabres des étudiants avec le même sérieux qu'elles mettaient à écouter des vers de Racine à la Comédie-Française. Elles revenaient de ces soirées bruyantes grisées, l'esprit étourdi par ces phrases qu'elles ne comprenaient pas toujours, ayant quand même saisi au vol quelques formules qualifiées de *ravissantes*. « La barricade ferme la rue mais ouvre la voie » les avait enchantées. « Assez d'actes, des paroles » les avait comblées.

L'une d'elles, plus audacieuse que les autres, avait même ramassé un pavé boulevard Saint-Michel et l'avait transformé en milieu de table, à la fureur de son époux. Dans un état d'exaltation proche de l'hystérie, elle lui avait dit, à son retour du Quartier latin : *Si tu avais vu, c'était d'une beauté ! Une fumée légère montait des arbres abattus et calcinés, on aurait dit un Delacroix…* Ce pavé, c'était sa façon à elle d'entendre le souffle de l'Histoire (car, dans ce calme appartement du 16e arrondissement, il fallait beaucoup tendre l'oreille pour le percevoir). Son mari lui avait répondu que bien des écervelées qui avaient applaudi à la Fête de la Fédération avaient terminé sur l'échafaud. Ce soir-là, ils s'étaient tourné le dos à l'heure d'éteindre les lampes de chevet.

Et puis il faut bien dire que l'impertinence de ces jeunes gens donnait l'occasion de vengeances mesquines. On riait à gorge déployée en se racontant comment Aragon avait été hué par les étudiants et comment, depuis, il avait pris en grippe ces révoltés qui avaient snobé son soutien. Il leur avait promis de consacrer un numéro entier des *Lettres françaises* aux étudiants contestataires et, en retour, n'avait reçu que des quolibets, d'où émergeaient les qualificatifs de «vieux» et de «traître». Un étudiant avait conclu: *Va-t'en vieille barbe*. Le poète avait répliqué: *Toi aussi, tu seras un jour une vieille barbe*. On avait évité de peu le pugilat. Dans les salons, on avait susurré ces mots délicieux des soirées entières.

Aujourd'hui, les femmes du monde ne trouvent plus drôles du tout les événements du Quartier latin.

— On est fichus, prophétise l'épouse d'un notable de l'édition. Paris peut être ce soir à feu et à sang. Le Louvre sera incendié, l'Assemblée nationale occupée, les derniers clients des hôtels expulsés. Et bien entendu, le pire suivra: les entreprises seront nationalisées. Vous avez entendu le discours de Mitterrand ce matin: c'est ce qu'il réclame!

Cette frousse de nantis fait un instant jubiler Roland, et lui rappelle les affres de la bourgeoisie au printemps 1936. S'il pouvait participer à la conversation, il leur citerait ce slogan peint par son fils la veille sur un mur de l'École des beaux-arts: «Laissons la peur du rouge aux bêtes à cornes». Mais Roland doit réfréner ses commentaires, avaler ses objections, rester à sa place – qui est une place où l'on cause peu.

103

— Reprenez une coupe de champagne, tente un invité. Cela vous fera oublier ces perspectives.

— Je ne vois vraiment pas ce qu'il y a à célébrer aujourd'hui, s'offusque la pessimiste.

— Nous sommes tout de même ici pour fêter un jeune écrivain, répond celui qui est décidé à ne pas se priver de son breuvage favori.

— Vu son jeune âge, vingt et un ans je crois, je suis certaine qu'il approuve ce qui se passe en ce moment. Qui sait si, juste après nous avoir quittés, il ne se précipitera pas de l'autre côté de la Seine pour brûler des voitures avec les autres enragés ?

Un frisson parcourt l'assistance. On n'avait pas envisagé cette éventualité. Est-ce la Révolution en personne qui va surgir dans la pièce d'un instant à l'autre ? Il ne manquerait plus que cela, dans un hôtel occupé par son personnel. La curiosité se teinte à présent d'anxiété. Florence a-t-elle eu raison de maintenir ce déjeuner, malgré toutes les mises en garde ?

Roland, qui continue à remplir des verres, ne perd pas un mot de ces échanges. Il se sent soudain plein de sympathie pour le jeune romancier sur le point d'arriver. Peut-être a-t-il rencontré son fils, peut-être ont-ils jeté des pavés, édifié des barricades, rédigé des banderoles ensemble ? Sa fonction hélas l'empêchera de lui poser des questions.

— Peu importe, tempère un invité. Son roman a reçu une pluie d'éloges comme rarement.

— Je suis bien d'accord avec vous, déclare Paul Morand tout juste descendu de l'automobile qui l'a ramené de Suisse. J'ai moi-même beaucoup insisté pour qu'il obtienne le prix. C'est l'esprit hussard que notre jury doit saluer : il n'y avait pas d'autre lauréat possible. L'insolence et la grâce dans un même livre, c'est rare. Et je dois dire que nous avons tous été épatés par ce garçon qui est incollable sur nos jeunes années. J'ajouterai qu'il a les mêmes initiales que moi. C'est un signe, non ?

À ce moment, une silhouette inconnue s'avance dans le salon. Serait-ce le romancier ? Mais non, quelle idée. Vu ses traits tirés, sa démarche chancelante, il ne peut pas s'agir du héros de la journée. Le col de sa chemise bâille autour de son cou, il est d'une maigreur effrayante. Devant lui, on songe à ces images des rescapés des camps à leur retour. Quelle est donc cette nouvelle recrue ? Un poète confidentiel dont le talent ne va pas tarder à être révélé ? Un important critique littéraire belge ou suisse ? Un avocat américain chargé de gérer la fortune de leur hôtesse ? Sa présence intrigue. Dans le doute, il faut lui faire le meilleur accueil possible. Florence est incroyable, se disent-ils, même en pleine révolution elle trouve le moyen de se faire de nouveaux amis.

Aristide Aubuisson, puisque c'est de lui qu'il s'agit, est sidéré par la chaleur avec laquelle les uns et les autres viennent le saluer. Il pressent que ce déjeuner va lui faire oublier tous les spectacles manqués pour cause de grève. Roland, qui surveille du coin de l'œil ses premiers pas sur la moquette à fleurs de lys du salon Pompadour, n'est pas mécontent. Le notaire honoraire de Montargis ne dépare pas dans cette assistance. Dans quelques minutes, il sera la coqueluche du salon.

— À propos de ce qui se passe à Paris en ce moment, continue Paul Morand, je vous trouve tous très négatifs. Cette façon qu'ont les jeunes gens de s'en prendre au général de Gaulle est finalement assez plaisante. Il paraît qu'ils ont crié «Dix ans, ça suffit !». Je ne vous cacherai pas que je suis tout à fait d'accord avec eux. Chardonne serait là, il vous dirait la même chose.

Paul Morand savoure cette revanche sur les vainqueurs de 1944. Il ne va pas bouder sa joie de voir le plus illustre des Français vaciller sur son piédestal.

— Ce mammouth a des capacités de mépris incroyables, fait remarquer Jacques Brenner. Il résistera au chahut de ces gamins, vous verrez. Là où je vous rejoins, c'est que nous célébrons aujourd'hui un excellent livre. Vous avez eu bien raison de le couronner.

L'arrivée de la maîtresse de maison fait taire ces gens qui parlent boutique. Florence Gould, suivie par Jean Denoël, est enfin descendue au rez-de-chaussée. Plus que jamais, elle a l'air d'une star du muet, avec son teint blanc, ses grandes lunettes fumées, son turban de satin. Comme toujours, son tailleur est noir, sans qu'on sache si c'est parce qu'elle porte à jamais le deuil de Franck Jay Gould ou si elle trouve que cette couleur affine sa silhouette. Contrairement à ses invitées, elle n'a pas jugé que les circonstances exigeaient d'elle une certaine sobriété dans la mise. Les trois rangs de perles ont retrouvé leur place autour de son cou et se réchauffent sur sa chair fripée. Des bagues ponctuent ses doigts boudinés. De toute évidence, elle est décidée à ce que cette révolution ne perturbe en rien ses habitudes. Florence déteste les changements. Les événements se plient à ses désirs, et non l'inverse.

Jusqu'à la dernière minute, Denoël a amendé, modifié, raturé le plan de table. En arrivant dans le salon, il compte en silence les invités. Il en manque deux. Si Salvador Dalí met un point d'honneur à toujours arriver lorsqu'on est déjà passé à table (le Maître manifeste ainsi sa répulsion envers les horloges, les codes, les contraintes), l'absence de Marcel Jouhandeau est plus préoccupante. Il a pourtant confirmé sa présence ce matin. Et demandé au passage si le chauffeur de Florence faisait grève. Denoël n'a pas été surpris par sa question. Cela fait des années que Jouhandeau tourne autour d'Aldo, le

107

bel Italien blond qui conduit la Rolls de Florence. À presque quatre-vingts ans, il a encore de ces enthousiasmes juvéniles. Sans doute s'est-il attardé au garage du Meurice.

Quant au lauréat, il ne devrait plus tarder.

S'il y a quelqu'un qui l'attend avec impatience et curiosité, c'est Denise, tapie dans son vestiaire. À quoi peut bien ressembler l'auteur de ce roman dérangeant, qu'elle a lu d'une traite la veille ? « Les fourrières où l'on a conduit six millions de chiens » : l'expression l'a choquée. La « yiddish paranoia » l'a outrée. Parvenue aux deux tiers de sa lecture, un paragraphe l'a fait sursauter. « Une jeune femme brune, le menton appuyé sur la paume de sa main. Je me demande ce qu'elle fait là, seule, si triste parmi les buveurs de bière. Sûrement, elle appartient à cette race d'humains que j'ai élue entre toutes : leurs traits sont durs et pourtant fragiles, on y lit une grande fidélité au malheur. » Denise, qui sait bien que dans son dos on la surnomme la Chouette, s'est reconnue dans ces lignes. C'est une impression étrange de retrouver ses travers sous la plume d'un écrivain. Faut-il qu'il soit doué, ce si jeune homme, pour savoir déjà tant de choses sur le cœur humain. En fermant le livre, Denise était partagée entre l'admiration et l'indignation.

Mais pourquoi s'acharner à remuer le souvenir d'une époque nauséabonde que tout le monde voudrait oublier ? Elle ne pourra pas lui poser la question, hélas : son rôle se limite à le débarrasser de son manteau, à lui donner un ticket et à lui indiquer le chemin du salon où il est attendu.

Il a traversé la Seine en face du quai de Conti. Sur le pont des Arts, des fourgons de CRS en faction l'ont mis mal à l'aise. La police partout, comme sous l'Occupation. Un Paris piéton, silencieux, méfiant : l'Occupation, encore. Il a marché le long des arcades de la rue de Rivoli. Avec ses grandes jambes, le trajet ne lui a pris que quelques minutes. Par la rue de Castiglione, il a rejoint la rue du Mont-Thabor. Devant le numéro 13, il a retenu son souffle et a levé les yeux vers la façade.

Est-ce une illusion ? Elle est scarifiée par les svastikas.

C'est Lucien Grapier qui, le premier, a compris que cet immense jeune homme brun, aux allures de gazelle égarée, doit être le lauréat que tout le monde attend. En deux mots, on lui avait brossé le portrait du futur convive : très jeune, très mince, le cheveu long et brun traînant dans la nuque. Timide, peut-être. Pauvre, sans doute. Lucien, muni de ces indices, guettait donc le héros du jour. En temps normal, c'est le directeur qui aurait patienté dans le hall, aurait accueilli le lauréat la bouche pleine de félicitations, lui aurait dit en quelques mots tout le bien qu'il pensait de son roman (qu'il n'aurait jamais ouvert, cela va de soi), mais on lui avait demandé de ne pas se montrer. Il ronge son frein dans son entresol, maudissant les idées saugrenues véhiculées par ce mois de mai.

Cette façon qu'il a de regarder le hall avec fixité, comme si l'endroit lui rappelait des souvenirs ? Ce pas hésitant d'un très jeune garçon peu coutumier des palaces ? Le concierge est sûr de ne pas se tromper et contourne son comptoir, ce qui est contraire aux usages, pour venir l'accueillir.

— Vous êtes Monsieur Modiano ?

Le grand échalas au regard hagard s'est retourné brusquement, a écarquillé les yeux, comme s'il venait de se retrouver pris dans une rafle en pleine nuit. Derrière une porte dorée, on entend le brouhaha d'une assemblée bavarde. Il devine que c'est là qu'on l'attend. Il suit le concierge qui le mène d'abord au vestiaire. À Denise qui s'empare de son manteau, il lance un regard de bête traquée. Puis Lucien pousse une porte, et le laisse affronter les visages curieux qui le guettent.

Dans le salon Pompadour, son arrivée fait sensation.

Qu'il est beau, pensent les femmes en observant le grand jeune homme brun qui jette des regards inquiets autour de lui.

Qu'il est grand, il doit frôler le double mètre, se dit Paul Morand qui s'est précipité pour le saluer avec ses jambes arquées de cavalier et qui a l'air soudain minuscule à côté de l'immense silhouette.

Qu'il a l'air timide, se dit Florence Gould en lui tendant une franche et souriante poignée de main.

Qu'il a l'air jeune, remarquent les autres invités, mais ce n'est pas surprenant : il n'a que vingt ans. *Un gamin ! Pas encore majeur ! Quel talent pour cet âge !* Ils vident leurs coupes de champagne en s'extasiant sur la jeunesse du héros de cette journée. Ils ne savent pas que ce chiffre, pourtant donné par sa maison d'édition, est faux. Il n'y a pas que les femmes pour mentir sur leur âge. Autrefois, Patrick Modiano avait falsifié son passeport, pour qu'en cas de contrôle nocturne il puisse passer pour majeur. À la ligne de sa date de naissance, 30 juillet 1945, il avait transformé le 5 en 3, se vieillissant de deux ans. Mais voilà qu'au moment de la parution de son roman, Gallimard lui demande une copie de sa pièce d'identité : pour concourir à la bourse Fénéon, il faut prouver que l'on a moins de trente-cinq ans. Modiano veut rétablir la vérité, mais s'aperçoit qu'un 3 rechigne à devenir un 5 et se transforme plus facilement en 7. Le voilà donc à présent rajeuni de deux ans. 1947, c'est l'année de la naissance de son frère Rudy, à qui est dédié *La Place de l'étoile.* La confusion ne déplaît pas au frère aîné, qui pleure encore la mort du cadet.

En ce mercredi 22 mai 1968, Patrick Modiano a donc vingt-deux ans. Sa présence donne soudain un coup de vieux aux convives de Florence Gould.

Il est presque deux heures. Les lustres à pampilles du salon Tuileries ont le bon goût de fonctionner à cette minute. Roland a allumé les bougies des chandeliers en argent, au cas où. A ouvert les deux battants de la porte. Et, posté au seuil du salon, prononce d'une voix forte ces mots qu'aucune révolution, aucune assemblée générale, aucune motion ne lui ôtera de la bouche :

— Madame est servie !

Chaque invité gagne sa place. Jean Denoël, après beaucoup d'hésitations, a placé Jacques de Lacretelle à la droite de Florence – il est académicien, après tout – et Aristide Aubuisson à sa gauche – à ce nouveau venu aux Meuriciades, il convient de faire honneur. Assis en face d'elle, il a placé le lauréat à sa droite, préférant se charger de sa conversation si particulière, et Paul Morand à sa gauche. Il espère que l'enthousiasme du vieil écrivain pour le roman primé fera parler ce jeune homme, qu'on sait taiseux comme un paysan auvergnat.

Sitôt assis pourtant, les convives de Florence n'ont qu'une idée en tête : reprendre le cours de leur conversation du salon Pompadour et commenter la situation politique. Ce lauréat qui a l'âge des manifestants, qu'en pense-t-il ? Vingt paires d'yeux anxieuses se tournent vers lui. Il bafouille, cherche ses mots, hésite. De ces phrases décousues, il ressort qu'il se sent étranger à ces émeutes. Que les étudiants croient vivre une révolution alors qu'il s'agit d'un simple monôme. Une farce de gamins, rien de plus.

Ces propos surprenants sont accueillis par des sourires emplis de sympathie. On redoutait d'avoir affaire à un révolutionnaire, on se retrouve en face d'un garçon doté d'un solide esprit critique. Le jury du prix Roger-Nimier a décidément eu du flair. Roland, qui est sur le point de retourner à l'office, s'étonne qu'un si jeune homme ait le désenchantement d'un vieillard. Ce lauréat qu'il imaginait en train de faire valser les pavés chaque nuit le déçoit.

Marcel Jouhandeau s'est glissé à sa place sans saluer personne, l'œil flanqué d'un coquard que tout le monde fait semblant de ne pas avoir remarqué. Il semble que son détour par le garage de l'hôtel ne lui ait pas réussi.

Modiano ajoute que les périodes vraiment intéressantes sont celles où l'on risque sa vie. Que les barricades n'ont de sens que si on se bat avec des balles, et non avec des pierres et des matraques.

Il est interrompu par l'arrivée des Salvador Dalí. Lui n'a jamais su être ponctuel mais tient

toujours à offrir un cadeau à Florence Gould.
Aujourd'hui, c'est un tapis de bain en éponge
grenat, qu'il trouve assorti à la couleur de cette
époque révolutionnaire. Il est bien le seul que
cette plaisanterie fait rire et c'est la moustache
déçue qu'il va s'asseoir. Si à Montargis on ignore
l'existence de Florence Gould, on connaît en
revanche le nom de Salvador Dalí. Déjeuner à la
même table que le génie du surréalisme plonge le
notaire honoraire dans des transes muettes.

Le Maître vient de gagner sa place quand
Roland et son chef de rang s'avancent pour commencer le service de l'entrée. À la vue du plat, les
convives échangent des regards stupéfaits. Où
sont passés les belons ? Un subtil chaud-froid de
sole est en train de circuler autour de la table.
L'étonnement est apparemment partagé par leur
hôtesse ; si ses yeux sont toujours verrouillés par
ses hublots fumés, on voit à sa bouche crispée
qu'elle n'était pas au courant de cette entorse
aux habitudes. En face d'elle, Jean Denoël est
incapable de répondre à ses points d'interroga-
tion muets. Les familiers des Meuriciades font
des clins d'œil reconnaissants en direction du
maître d'hôtel pour lui signifier que si la révolution supprime les belons, ils sont désormais tous
révolutionnaires. Seul Aristide Aubuisson, qui
participe pour la première fois à ces agapes, n'est
pas surpris. Ne guettant pas le belon d'usage, son

absence ne lui fait aucun effet. Depuis qu'il s'est assis, il se tait, intimidé et extatique, et attend le moment opportun pour vanter à sa voisine les charmes de la vallée du Lunain, et plus généralement du Gâtinais oriental.

Belons ou pas, Paul Morand reprend le fil de ses questions au lauréat. Il lui demande si Gallimard ne lui a pas demandé de censurer certains passages, *que pour ma part j'ai trouvés formidables mais quand même très culottés. Ils sont parfois frileux, rue Sébastien-Bottin. (Pardonnez-moi, chère Simone,* dit-il en glissant une œillade sur sa gauche, *mais je pourrais citer plusieurs exemples.)* Il prend son exemplaire du roman, qu'il a pris soin d'apporter. *Permettez-moi de vous citer, cher ami* : « Les Juifs n'ont pas le monopole du martyre ! On comptait beaucoup d'Auvergnats, de Périgourdins, voire de Bretons à Auschwitz et à Dachau. Pourquoi nous rebat-il les oreilles avec le malheur juif ? Oublie-t-on le malheur berrichon ? Le pathétique poitevin ? Le désespoir picard ? »

Autour de la table, on s'esclaffe.

On glousse.

On s'ébaubit.

Car tout le monde ici n'a pas eu le réflexe consciencieux d'Aristide Aubuisson et, hormis les membres du jury, la plupart des convives n'ont pas lu le livre primé avant de venir rencontrer son auteur. Cette citation leur donne en quelque sorte un avant-goût du livre. *Il faut avoir vingt ans pour se permettre de telles insolences,* glisse une invitée à son voisin.

En bafouillant comme toujours, Patrick Modiano raconte qu'il a écrit ce roman pendant l'été 1966, et que Le Seuil l'a accepté aussitôt. Qu'il a signé un contrat avec cette maison avant de s'apercevoir que, puisqu'il était mineur, sa signature n'avait aucune valeur juridique. Et que sa mère a, de son côté, parce qu'elle avait le snobisme de la collection blanche, fait passer le manuscrit à Raymond Queneau chez Gallimard, qu'il l'a accepté tout de suite et a prévu de le publier l'année suivante. Mais que la guerre des Six Jours a modifié ce programme. Le roman avait l'air, à bien des égards, d'une provocation à l'égard des Juifs. La maison d'édition redoutait les reproches, la polémique ou pire encore. La parution a été reportée d'une année. C'est donc seulement début avril 1968 qu'on a pu enfin trouver *La Place de l'étoile* dans les librairies. Ses phrases sont si laborieuses, ses mots si hésitants qu'il achève son explication épuisé. Jacques Brenner, à l'autre bout de la table, vient à son secours en ajoutant que *c'est ce qui explique la préface de Jean Cau : Gallimard a voulu désamorcer le scandale.* Cela épargne à Modiano de dire si oui ou non cette parution différée a heurté son impatience d'auteur débutant.

Aristide Aubuisson ose enfin prendre la parole et s'adresse à l'auteur assis en face de lui.

— J'ai beaucoup aimé votre livre même si je dois vous avouer que je n'ai pas tout compris. Vos entorses au réalisme m'ont un peu perturbé. Et puis cette façon de passer de la première à la deuxième personne du singulier ! C'est un livre qui donne le tournis. Et croyez-moi, dans la bouche du provincial que je suis, c'est un compliment. Ce qui m'a manqué à Montargis, c'est cela : le tournis. Mais une question ne m'a pas quittée en lisant votre livre ce matin : pourquoi un garçon de votre âge s'intéresse-t-il tant à une période qu'il n'a pas connue ?

Les fourchettes restent en l'air. Le nouveau venu est décidément un lecteur subtil, un homme de premier plan quelle que soit son activité que tout le monde ignore encore.

Le jeune écrivain, sans doute, s'attendait à cette question. Ou bien l'a-t-il déjà entendue dans la bouche d'un journaliste. Il lève les yeux et regarde Aristide droit dans les yeux.

— Il n'y a jamais eu pour moi ni présent, ni passé. Tout se confond.

Pour la première fois depuis qu'il est arrivé, il ne bafouille pas.

— J'ai l'impression, étrange je vous l'accorde, poursuit Patrick Modiano, d'avoir vécu avant d'être né et de porter les marques du Paris de l'Occupation... C'est ma nuit originelle.

Le silence s'est fait autour de la table. Ils ont été plusieurs à penser que c'est une drôle d'idée de replonger dans les années d'Occupation, plusieurs à qui la guerre n'a pas laissé de très bons souvenirs. À Paul Morand, on a reproché son départ de Londres en juin 1940 et ses ambassades successives à Bucarest puis à Berne pour le gouvernement de Vichy ; à Chardonne, ses deux voyages outre-Rhin en pleine guerre, ses livres germanophiles et sa façon de trouver *l'Occupation correcte, douce, très douce* ; à Florence Gould, sa façon de se faire rouer de baisers par des officiers allemands en plein Paris occupé. Le prix, ils l'ont payé : détention à la prison de Cognac pour Chardonne, exil à Vevey pour Morand, explications pénibles devant les FFI lors de la Libération de Paris pour Florence Gould.

C'était il y a presque vingt-cinq ans.

Ce grand garçon veut se souvenir de tout quand eux voudraient, au contraire, oublier. Pourquoi s'acharne-t-il à gratter une plaie qui a l'air de cicatriser enfin ?

Jamais la brigade n'a vu son chef si tendu. Ce repas est un défi qu'il s'est lancé. Nul ne saurait entraver la marche minutieuse vers la perfection qu'il compte atteindre. Un système d'allégeances consenties s'est mis en place dans la vaste cuisine, pour que chaque geste minuscule, depuis le

118

remplissage des casseroles jusqu'à la découpe des volailles encore fumantes, depuis l'effeuillage des artichauts jusqu'au subtil pochage de la bête dans les herbes aromatiques, depuis la préparation de la sauce à la crème jusqu'à l'élaboration du velouté de laitue glacée, trouve son aboutissement dans le plat qui, d'un instant à l'autre, fera le tour de la table. La combinaison est délicate. L'exécution de la poularde Rivoli exige de la minutie et du doigté. Une minute de trop sur le feu et tout est fichu. Les marmitons ont retrouvé les réflexes serviles de la veille. L'autogestion n'a plus lieu d'être dans ces minutes de tension maîtrisée.

Roland, au moment d'aller chercher le plat principal, a croisé Denise qui le guettait à l'entrée des cuisines. L'affaire doit être grave si elle a déserté son poste, c'est-à-dire abandonné son vestiaire. C'est certainement pour annoncer une de ces mauvaises nouvelles qu'elle affectionne.

— Babou a encore fugué, explique-t-elle, la voix lourde de reproches, comme si la prise de contrôle de l'hôtel par son personnel était responsable de cet incident.

Roland hausse les épaules.

— Si tu crois que j'ai le temps de m'occuper d'un zoo à la minute même, tu te trompes ! Je suis en train de servir les vingt invités de Madame Gould dans le salon Tuileries. On va le retrouver en train de lécher les restes du petit déjeuner à l'office, comme d'habitude…

Denise s'attendait à cette réponse condescendante. Pourtant elle insiste.

— Le problème, c'est qu'on ne le retrouve pas. Les clients ne savent rien mais les collègues sont affolés. Les femmes de chambre refusent de prendre leur service depuis qu'elles ont appris la nouvelle. Elles redoutent de tomber sur lui en passant l'aspirateur sous les lits. Ce soir, les clients rentreront dans des chambres qui n'ont pas été faites. Tu crois que la réputation de l'hôtel en sera améliorée ?

— On pourrait envoyer le stagiaire, cela l'aiderait à remplir la rubrique « comment faire face à tous les types de clientèle » dans son rapport de stage, suggère Roland, qui se souvient aussitôt qu'il a fait inviter Hubert-Transistor, comme tous les employés le surnomment, à ce déjeuner. Mais il est à table. Va t'en occuper, si le problème est si urgent.

Alors Denise, triomphante :

— Je croyais que plus personne ne donnait d'ordre dans cet hôtel ! Je ne bougerai pas de mon vestiaire.

Et, avec une pointe d'ironie qui n'échappe pas à son collègue, elle conclut :

— En mai, fais ce qu'il te plaît.

C'est le moment des apartés.

Jean Denoël entreprend de parler à Paul Morand de sa possible candidature à l'Académie française. À la longue, la rancœur du général de Gaulle s'est sans doute amenuisée. N'est-il pas temps pour lui de tenter à nouveau sa chance ?

Florence Gould ne comprend pas pourquoi son voisin de gauche insiste sur les prix modérés de l'immobilier en Seine-et-Marne, et les avantages qu'il y a à posséder une maison de campagne près de Paris.

En bout de table, le stagiaire n'en revient pas d'apprendre de la bouche de son voisin, Antoine Blondin, que les hussards ne sont pas seulement cette cavalerie légère à l'uniforme coloré, mais qu'il s'agit aussi du nom d'un mouvement litté-raire dont il a ici quelques représentants éminents. Les études commerciales ne prédisposent pas à la lecture des auteurs contemporains. Blondin se lasse vite de retracer l'histoire de cette famille littéraire et fait signe au maître d'hôtel que son verre est vide. Jean Denoël le surveille du coin de l'œil, car il se méfie des dérapages verbaux que l'alcool provoque chez l'écrivain. Il a encore en mémoire ce déjeuner où Florence, jugeant qu'elle avait grossi et devait diminuer sa ration de calories avec une sévérité accrue, s'était contentée d'une tranche de jambon. Blondin s'était levé et avait dit d'une voix tonitruante : *Cette salope veut nous*

121

empoisonner ! Elle a pris un autre menu que celui qu'elle nous a servi ! Florence avait fait semblant de n'avoir rien entendu. Et avait continué, par la suite, à l'associer à ses Meuriciades.

(Pauvre Jean Denoël, gendarme malgré lui de ces déjeuners, où les caprices de la milliardaire-qui-veut-rencontrer-de-nouvelles-têtes provoquent des manquements au savoir-vivre qu'il est difficile d'occulter. L'écrivain à la mode n'est pas toujours un modèle d'éducation. Il y a quelques semaines, c'était Violette Leduc, dont Florence s'était entichée Dieu sait pourquoi, qui, à peine assise sous les ors du salon Tuileries, avait regardé son hôtesse et lui avait prodigué ce conseil gênant : *Maigrissez le plus tôt possible de dix kilos !* Depuis, Denoël fronçait les sourcils dès qu'on lui demandait de faire figurer son nom sur la liste. Avec ce genre de remarque, on allait passer des endives braisées à la salade verte sans vinaigrette. On lui avait rapporté qu'Antoine Blondin, dans un café où il n'en était pas à son premier verre, croisant l'écrivain à la mode lancé par Simone de Beauvoir, lui avait dit : *Vous n'êtes qu'un sale morpion !* Or les deux ennemis figuraient dans la promotion du jour. Si le plan de table avait été tant de fois modifié, c'était aussi par leur faute. Il avait bien sûr éloigné le plus possible les deux convives. Assise à côté de J. Paul Getty dont le français était pauvre,

Violette Leduc dont l'anglais était inexistant semblait causer pour elle seule. Il n'y avait aucune
guerre mondiale à l'horizon.)

On a un peu oublié le lauréat. Soudain,
les lustres clignotent, paraissent hésiter puis
s'éteignent. Modiano fixe les chandeliers et se
demande si c'étaient les mêmes qu'on avait posés
sur les tables le soir du jeudi 24 août 1944. Sa
mémoire est incorrigible. Elle le ramène toujours
à la guerre. À cette minute, elle s'évade à nouveau. Dans la chambre 238 du Meurice, Dietrich
von Choltitz vient d'enfiler une chemise de soie
blanche dont le col dur lui laboure le cou. Cela
fait à peine quinze jours que le vainqueur de
Sébastopol s'est installé à la Kommandantur du
Gross-Paris et il a déjà grossi. Comme s'il avait
besoin d'un souci de plus aujourd'hui ! C'est
la faute d'Annabella Waldner, l'intendante des
gouverneurs allemands de Paris, qui n'a pas son
pareil pour régaler les dignitaires nazis. Ce soir
encore, pour ce dîner qui est une soirée d'adieux,
elle a prévu de faire servir des asperges sauce
hollandaise, du foie gras et la spécialité du chef
bulgare du Meurice : des profiteroles. Elle a
surtout choisi une vaisselle toute particulière.
Celle que le prédécesseur de Choltitz à la tête du
Gross-Paris avait commandée à la manufacture de
Sèvres et où figurent, au fond de chaque assiette,

les monuments de Paris. Ces monuments que le Führer a instamment demandé à Choltitz de détruire avant l'arrivée des troupes alliées.

Dans la salle à manger éclairée aux bougies, Choltitz, la Croix de Fer en sautoir et le monocle à l'œil, est arrivé peu avant huit heures pour partager avec ses officiers un verre de cordon-rouge. Cette nuit qui s'annonce est la dernière pour lui d'une façon ou d'une autre. Demain, il sera soit mort dans les ruines du Meurice, soit prisonnier des Français.

Dans sa poche, il caresse le télégramme de Hitler dont il connaît chaque mot par cœur. Comme il paraît loin, le temps où, soufflé par la beauté de Paris, il disait : «C'est comme une jolie femme, quand elle vous donne une gifle, on ne la rend pas.» C'était il y a quoi ? Douze ou quinze jours tout au plus. À l'heure qu'il est, Paris ne donne pas des gifles, mais des coups de poing, des coups de pied, des coups de tête et sa hiérarchie lui demande, et même lui ordonne, de faire cesser ces outrages à la puissance du Reich. Il faut mater la révolte, répète, hystérique, le Fürher depuis Berlin. Les mots de l'ordre personnel que Hitler a dictés à Jodl dansent encore dans son esprit. «Il faut réduire sans pitié les foyers insurrectionnels et écraser sous les bombes explosives et incendiaires les quartiers où l'émeute sévirait encore.» Paris sera puni comme Varsovie l'a été. En haut et à droite du télégramme de Hitler parvenu la veille au Meurice figure une brève mention qui n'a pas échappé à Choltitz : « Pour exécution. »

Dietrich von Choltitz, donc, après avoir porté un toast « à la santé des magnifiques femmes allemandes dont la solidarité au cours de cette guerre a rendu moins durs les coups du sort », boit sa coupe de champagne et essaie d'oublier pendant quelques instants – est-ce possible ? – la *Sippenhaft*, cette nouvelle loi qui stipule que les familles des officiers répondraient désormais de la conduite du chef de famille ; et qu'en cas de déso-béissance ou de trahison, ils seront naturellement pris en otage. La mort n'est pas exclue dans cette procédure qui ramène les cadres de l'armée au Moyen Âge.

Il est courageux, Dietrich von Choltitz, qui tente de converser gaiement avec ses hommes et n'a en tête que trois prénoms : Uberta, Maria-Angelika et Anna-Barbara. Ceux de sa femme et de ses filles. Il pense aussi à son fils, né il y a seule-ment quatre mois, et qu'il connaît à peine. Lui qui a enduré les privations et le froid sur le front russe n'a jamais traversé une épreuve si difficile.

Ce soir, il s'accroche au réconfort du dernier appel reçu sur sa ligne directe, Opéra 32-40. La voix familière, quoique faible et lointaine, de son vieux compagnon d'armes, le général Walter Krueger, qui commande aujourd'hui le 58e corps de blindés. D'un poste de campagne à Chantilly, il avait annoncé, fanfaronné, extrapolé : *Je viens à Paris, nous irons au Sphinx ce soir !* Sans préciser que cette annonce relevait du vœu pieux, puisque la campagne de Normandie avait décimé ses troupes et que les blindés se comptaient sur les doigts des deux mains.

— Vous rêvez, Monsieur Modiano ?

Jean Denoël donne un coup de coude au lauréat qui n'a pas vu que, depuis trente secondes, Roland lui présente un grand plat en argent d'où provient un exquis fumet de poularde.

— C'est à cause de ces chandeliers... J'étais en train de me remémorer un autre repas au Meurice, celui qu'y a pris le général von Choltitz la veille de la libération de Paris. Le menu était au moins aussi fastueux que celui d'aujourd'hui. Et les pannes de courant tout aussi nombreuses.

— Mais vous n'étiez pas né ? s'étonne Denoël. D'où vous viennent tous ces souvenirs ?

— C'est difficile à dire... Je reviens toujours à la guerre... Elle a empoisonné ma mémoire en quelque sorte... Tout, dans mon esprit, finit par se confondre dans un phénomène de surimpression...

Rivé à la conversation saturée de points de suspension de Patrick Modiano, Jean Denoël ne voit pas les signes que lui fait, en face, Florence

Gould. Mimiques désespérées, sourcils qui passent par-dessus les hublots pour signifier : qu'est-ce que c'est que ce menu ? Où sont passées mes endives braisées ? Vous croyez que c'est avec une poularde nappée de crème et d'artichauts que je vais perdre du poids ? Comme souvent au cours de ces déjeuners, elle n'a plus personne à qui parler. Ses deux voisins se sont détournés d'elle pour entamer des conversations dont elle est exclue. Cette ancienne chanteuse paie un public qui n'a même pas l'élégance de l'acclamer. Elle fait signe à Roland de remplir à nouveau sa coupe de champagne ; c'est bien la seule chose qu'elle reconnaisse dans ce menu qui ne ressemble à rien.

Autour de la table, on en revient toujours à la crise sociale. Comment parler d'autre chose à l'heure où le gouvernement est peut-être sur le point d'être renversé à la Chambre et où le pays est paralysé ? Le seul invité de Florence à paraître très détendu est Salvador Dalí. Il tente de faire rire ses voisines. *Les semelles ont la parole. Juillet va faire la fortune des cordonniers* (car le génie transcendantal ne répugne jamais à parler d'argent).

Marcel Jouhandeau, qui ne se résout pas à abandonner à Dalí le monopole du sarcasme, raconte comment il n'a pas hésité à lancer à des manifestants : *Rentrez chez vous, dans quinze ans vous serez tous notaires !* Tout le monde s'esclaffe, sauf Aristide Aubuisson qui apprécie peu cette saillie méprisante à l'égard de sa corporation et observe un silence meurtri ; c'est bien, en ce qui le concerne, le seul nuage à passer sur l'éclat de ce déjeuner.

Chacun y va de son commentaire. L'opinion générale est que Pisani, qui s'apprête à voter la motion de censure, est un traître. Plusieurs convives déplorent le silence incompréhensible du chef de l'État. Tous sont d'accord pour dire qu'à cause de l'interdiction de séjour du leader de la contestation étudiante, la soirée risque d'être encore plus violente que les précédentes. Et qu'ils plaignent de tout leur cœur les malheureux demeurant entre le boulevard Saint-Michel et le jardin du Luxembourg, sous les fenêtres de qui s'édifient chaque soir des barricades.

Des barricades ! Dès le lundi 21 août 1944, les journaux de la Résistance avaient appelé les Parisiens à l'insurrection. Le message du colonel Rol avait été entendu au-delà de toute espérance. Tout ce qui pouvait être arraché et transporté servait à la construction de ces barricades. Les hommes ôtaient les pavés de la chaussée, puis laissaient aux femmes et aux enfants le soin de les passer de main en main. La barricade enflait ensuite, accumulation hétéroclite de sacs de sable de la défense passive, de plaques d'égouts, d'arbres

déracinés, de matelas et même de camions allemands incendiés. On ne refusait aucun objet. Au
coin de la rue Dauphine et de la rue du Pont-
Neuf, une vespasienne servait d'armature à la
barricade. Rue de Buci, un antiquaire avait donné
les meubles de sa cave. En face de la Comédie-
Française, les comédiens avaient érigé un dérisoire
barrage constitué des accessoires de théâtre de la
Maison ; pour le rendre menaçant, ils avaient eu
l'idée d'entourer leur construction de bidons sur
lesquels on pouvait lire : « Achtung Minen ».

C'était cette brusque éruption de barricades
qui avait provoqué la fureur d'Adolf Hitler.
C'était cette insurrection spontanée qui expliquait
les termes comminatoires du télégramme envoyé
au commandant du Gross-Paris. C'était cette
révolte entêtée ainsi que la progression inexorable
des troupes alliées qui donnaient à Choltitz le
sentiment qu'il était en train de vivre ses dernières
heures à Paris.

Quinze jours à peine : éphémère commandement.

Après avoir jeté un coup d'œil au hall du
Meurice hérissé de sacs de sable, Dietrich von
Choltitz s'est retiré dans son bureau. Il a ouvert
la fenêtre qui donne sur le jardin des Tuileries. Il
est assez loin de la salle des transmissions pour
ne pas entendre le crépitement intermittent des
téléscripteurs. Il a retiré son monocle, promène

son regard sur l'admirable perspective, les arbres des Tuileries, le Louvre, les quais de la Seine. Aucun lampadaire ne brille, mais dans le ciel clair de cette fin d'été, on distingue assez bien les formes, les toits, les tourelles. Et dire qu'il est ici sans Uberta. Si la guerre avait duré plus longtemps, il l'aurait fait venir à ses côtés.

Lui qui a rasé Sébastopol, qui a en partie détruit Rotterdam, ce militaire admirablement noté, ce soldat dont la hiérarchie n'a jamais douté, ce général qu'on sait dépourvu d'états d'âme, ce Dietrich von Choltitz va, chose inouïe, désobéir.

L'Apocalypse est pourtant au bout de son combiné téléphonique. Les ponts, sertis de dynamite depuis le 15 août, sont prêts à sauter, conformément aux instructions venues de Berlin ; cette explosion provoquerait une crue géante dans Paris et compliquerait l'arrivée des troupes alliées. Tout est en ordre pour que la catastrophe advienne.

Mais Choltitz trouve l'ordre du Führer révoltant et absurde. Au dernier moment, il se refuse à le transmettre à ses troupes. Au terme d'une nuit de doutes, les scrupules l'ont emporté. Paris ne brûlera pas.

Soudain, par les fenêtres grandes ouvertes, il entend une volée de cloches. Son aide de camp, le comte von Arnim, devance sa question. *Ce sont les cloches qui annoncent à la population que les*

Alliés sont arrivés. C'est un vacarme de carillons qui a l'air de prendre sa source à Notre-Dame et s'étend dans toute la ville. On avait oublié combien Paris regorgeait d'églises. Le concert nocturne périme en quelques minutes le silence feutré et peureux du couvre-feu. Choltitz se retourne vers son aide de camp et prononce ces mots simples : *L'Allemagne a perdu cette guerre et nous l'avons perdue avec elle. Allez vous coucher.*

Le comte Dankvart Graf von Arnim a obéi. Il est monté se coucher, dans sa minuscule chambre du sixième étage. Comme chaque soir, il a écrit quelques lignes dans son journal intime. En cette nuit du 24 août où les cloches de Paris sonnent à toute volée, il n'a rédigé qu'une seule phrase : *Je viens d'entendre sonner mon propre glas.*

Le général est allé s'allonger. Le sommeil est venu comme au soir d'une campagne militaire. Malgré les échos du fracas de la bataille qui, comme un orage lointain venu du sud et de l'ouest de la ville, résonnent jusqu'à la rue de Rivoli, Dietrich von Choltitz, débarrassé de son monocle et de son col dur, a fini par s'assoupir. Par une curieuse coïncidence, le nom de code du Meurice dans les télégrammes militaires est «Hypnose». Ses dernières pensées vont vers Baden-Baden, où Uberta et les enfants l'attendent.

Annabella Waldner a décroché la ligne personnelle de Dietrich von Choltitz au Meurice.

Hormis les sentinelles dans les couloirs qui foulent la moquette rouge avec lassitude, tout l'état-major s'est finalement endormi. Il ne reste plus une seule bouteille de cordon-rouge dans la cave du Meurice. Il est trois heures du matin. Au téléphone, c'est la voix lasse du général Krueger. *Ne le réveillez pas. Dites-lui simplement que mes tanks n'arriveront pas.*

Jean Denoël a bien vu que l'esprit de son voisin voguait à nouveau vers des terres lointaines. L'incorrigible nostalgique lui adresse un sourire timide, comme pour s'excuser de n'être pas le convive brillant qu'on attendait.

L'heure du dessert approche, c'est-à-dire celle où on va lui remettre officiellement son prix.

À chaque fois qu'il repasse par l'office pour apporter des assiettes sales ou remplir à nouveau un plat, Roland tend l'oreille. Il guette les cris d'effroi des clients à la vue de Babou en train de se vautrer sur une bergère en satin, le regard perdu dans ses rêveries de léopard exilé, le remue-ménage habituel que suscite l'apparition incongrue d'un félin dans les salons d'un palace parisien. Mais aucun bruit ne provient des salons, hormis un brouhaha fade où se mêlent les conversations chuchotées et les pas des clients étouffés par la moquette épaisse. Pourvu que Babou n'ait pas quitté l'hôtel, poursuivant on ne sait quel volatile dans les allées rectilignes des Tuileries. Roland hausse les épaules, décidé à mettre de côté ce tracas. La Chouette se sera alarmée pour rien, comme d'habitude. Il sera toujours de temps de prévenir le Maître quand il regagnera sa suite.

Ignorants de tout ce qui se joue en coulisses, les invités poursuivent leur festin. Cette édition du prix Roger-Nimier est, à bien des égards, mémorable.

Le vin de Champagne dont elle a abusé fait tourner la tête de Florence. Elle n'a jamais eu l'alcool gai. Elle l'a, au contraire, comptable, rancunier, mesquin. À sa fortune, immense, elle demande de la divertir. L'ennui surgit vite quand on peut tout s'offrir. Ces Meuriciades, c'est ce qu'elle a trouvé pour se distraire. Elle pensait qu'un écrivain était forcément un homme amusant : un réservoir à anecdotes, des phrases qu'on répète longtemps, une incarnation de l'esprit français. Qu'une table scintillante au cœur d'un palace le rendrait brillant. Au lieu de quoi, lorsque le champagne lui rend sa lucidité, elle constate que c'est une ménagerie qu'elle nourrit une fois par mois. Jouhandeau a un hideux bec-de-lièvre, Marcel Aymé une tête de cheval fourbu et Morand les jambes si arquées qu'on dirait qu'il est en permanence assis sur une monture invisible.

Ne parlons même pas du lauréat d'aujourd'hui, lointain parent des carpes, à qui il faut arracher des mots comme on chercherait des pépites au fond d'une mine : avec ténacité. Quant à son voisin de gauche, dont le champagne lui a fait oublier l'identité, son long cou maigre le rangerait plutôt dans la famille des hérons ; elle trouve assommant ce raseur qui n'a que les mots « mètres carrés » à la bouche. Au milieu de ces déjeuners dont elle est pourtant l'organisatrice, il lui arrive souvent de bâiller d'ennui. Il point à cette minute, augmenté d'un agacement à voir défiler des plats qu'elle n'a pas commandés. Si les Racine distribués à profusion ne suscitent plus l'obéissance aveugle, c'est peut-être le signe que la révolution a gagné ? Elle qui répète souvent *je peux tout m'offrir*, n'a pas été capable de trouver à sa table des belons et des endives braisées. Aujourd'hui, elle n'ira pas embrasser le personnel à la fin du service comme elle le fait toujours. Elle est fâchée. Florence s'empare de sa coupe. Comme c'est curieux, elle est déjà vide.

Le temps est venu de distribuer les lauriers. Paul Morand s'est levé pour faire l'éloge du livre primé. Dans le jury, dont son éditeur a pris soin de lui donner la liste, c'est la présence de Chardonne que Modiano aurait souhaitée. Il y a trois ans, tandis que son roman commençait sa gestation, il était allé le voir à La Frette. Il voulait pasticher la scène où, sur fond de Saintonge paisible, un vigneron français fraternise avec un officier allemand. Le vieil écrivain, après avoir ouvert sa porte avec réticence, flatté cependant qu'un jeune vienne le voir jusque dans son ermitage, avait tenté de l'amadouer avec un verre de cognac et des livres dédicacés mais, quand le jeune homme lui avait posé une question précise sur son anthologie de la poésie germanique d'où il avait exclu Heine parce qu'il était juif, il s'était braqué et s'était réfugié derrière une parade peu convaincante : «C'est la France qui a déclaré la guerre à l'Allemagne.» Si Chardonne était venu au Meurice aujourd'hui, peut-être auraient-ils pu reprendre le fil de leur conversation.

Patrick Modiano écoute donc Morand, presque étonné de découvrir l'écrivain encore vivant. Il connaît à peine son œuvre, se souvient seulement d'avoir lu un texte de lui dans une anthologie sur la vitesse. Peut-être l'aurait-il lu si ses romans avaient été publiés en livre de poche. Mais cela fait trois ans à peine que Gallimard réédite, au compte-gouttes, ses œuvres. Les gros tirages, la notoriété des années trente sont bien loin. Il a l'impression qu'un fantôme surgi d'un autre temps lui parle,

et entame son discours en évoquant le souvenir de Roger Nimier (mines contrites de circonstance autour de la table à l'énoncé de ce nom), puis en saluant l'esprit hussard qui souffle dans ce roman insolent (murmures d'approbation),

et Modiano ne peut s'empêcher de trouver anachronique l'existence de ce salon littéraire, à l'image des gens qui peuplent cette salle à manger, mais se garde de parler et écoute poliment Morand

qui continue en évoquant ce curieux kaléidoscope qui met en scène un héros et les multiples façons qu'il a d'être juif : juif normalien, juif mondain, juif antisémite, juif maurassien, juif aux champs, juif collaborateur, amant d'Eva Braun et confident d'Hitler, militaire condamné au bagne sur l'île du Diable, puis juif errant et juif incarcéré dans un kibboutz, quelle vie en si peu de pages,

litanie qui provoque un sourire amusé chez Jacques Brenner, en bout de table, qui s'étonne une fois de plus qu'un jury où siègent beaucoup d'écrivains d'extrême droite ait récompensé ce jeune écrivain juif, mais peut-être était-ce justement pour prononcer ce mot jusqu'à l'écœurement,

ce Raphaël Schlemilovitch qu'on a parfois du mal à suivre, avouons-le, poursuit Morand,

remarque qui fait dodeliner Aristide Aubuisson, encore mal remis du vertige causé par sa lecture,

alors que, poursuit Paul Morand, il y a dans ce roman un sourire dans la souffrance, une grâce ravissante de l'allure, une désinvolture qu'on n'a qu'à vingt ans et qui a emporté nos suffrages,

Jacques Brenner approuve, il a lui aussi trouvé le livre excellent,

nos suffrages et bien au-delà, j'en parlais hier encore avec Emmanuel Berl qui s'apprête à vous consacrer un article dithyrambique dans *La Quinzaine littéraire*, dusse votre modestie en souffrir, je lui citais ce passage : « Finies les contorsions juives. Je hais les mensonges qui m'ont fait tant de mal. La terre, elle, ne ment pas », et nous avons ri ensemble, car nous avons apparemment les mêmes souvenirs que vous, même si vous pourriez être notre petit-fils,

le nom de Berl sonne agréablement aux oreilles de Modiano, qui esquisse un timide sourire de l'autre côté de la table,

je voudrais citer Chardonne, qui hélas n'a pu être des nôtres aujourd'hui pour des raisons de santé, « la vie est courte mais les carrières littéraires sont longues »,

phrase saluée par des hochements de tête qui tentent, dans un même mouvement contradictoire, de louer la justesse de la maxime et de frémir au nom d'un ami au bord de la tombe,

et pour conclure, je vous cite encore, cher Monsieur : « Je gribouille encore cinquante pages. Ensuite je renonce à la littérature. C'est juré. » J'espère pour ma part que vous ne prendrez pas les mêmes résolutions que votre héros. Nous attendons avec impatience votre prochain livre, et comme je le disais à mes collègues du prix, quand nous en avons eu fini avec nos délibérations, «nous n'aurons pas tous les ans un Modiano à nous mettre sous la dent». Je doute que le cru 1969 soit d'un tel niveau,

et de lui remettre, sous les applaudissements, le chèque signé de la main de Florence Gould.

Le lauréat s'est levé pour prendre son chèque et remercier la mécène du prix. À peine sorti des pensionnats où l'on gèle et où l'on ne mange pas à sa faim, de cette enfance où il a eu le sentiment que l'on voulait toujours se débarrasser de lui, il n'est pas encore accoutumé à la bienveillance. La seule fois dans le passé où il a croisé un être humain plein de sollicitude et de douceur maternelle, c'est lorsqu'il a attrapé la gale dans son internat de Chambéry et que la doctoresse, trouvée dans l'annuaire, s'était étonnée: «Vous avez des parents ?»; il avait failli fondre en larmes. Aussi est-il le seul, avec Aristide Aubuisson sans doute, à ne pas voir en Florence Gould la caricature qu'elle est devenue, cette milliardaire distribuant billets et champagne, dotée d'un personnel qu'elle transforme en souffre-douleur, toujours entourée de parasites et de bouffons qui espèrent qu'elle couchera leur nom sur son testament, mais une dame qui est en train de donner un sacré coup de pouce à son existence. Sa gratitude est aussi sincère que l'admiration sans réserves du notaire honoraire. Dommage que les deux êtres les plus indulgents de cette table soient ceux qui indiffèrent le plus leur hôtesse.

À la brève lueur qui a surgi sur son visage à la vue des trois zéros, Florence a deviné de quelle incertitude est faite l'existence du jeune homme. La milliardaire sait reconnaître les pauvres comme personne. Cinq mille francs : un pactole pour un garçon qui survit ces temps-ci en faisant des petits travaux de journalisme et en écrivant des chansons. Des années que la pauvreté mine son existence. Il vit encore chez sa mère, qui a de moins en moins d'engagements au théâtre. Il a arrêté ses études à la fin de son hypokhâgne. Avec un camarade de classe, il s'est mis à écrire des chansons. Mais hormis « Étonnez-moi, Benoît ! », chanté par Françoise Hardy, qui a été un vrai succès, ses textes demeurent confidentiels. Il a été le parolier de Régine, de Sheila, de Zizi Jeanmaire ; il est l'auteur de 45-tours aux ventes médiocres.

Patrick Modiano et sa mère connaissent, depuis des années, l'angoisse du terme. Ils n'allument jamais le chauffage en hiver. Faute d'argent pour payer les travaux de raccordement du gaz à l'appartement, ils font la cuisine sur un réchaud à alcool. Il arrive que le fils vole des livres dans des bibliothèques pour les revendre, et que la mère fauche quelques articles de luxe à La Belle Jardinière. Ils ne se sont jamais fait prendre – les commerçants ont de ces distractions. Les jours de grande dèche, sa mère l'envoie réclamer un billet de cinquante francs à son père, qui vit à l'étage au-dessus. La dernière fois, cela s'est terminé au commissariat de la rue de l'Abbaye : la belle-mère avait appelé police-secours pour se plaindre.

De toute façon, la situation du père n'est pas plus brillante. Les trafics étranges des années du marché noir sont loin. Il lui en reste quelques relations louches et mystérieuses qui ne sauraient garantir son train de vie. Il fréquente un milieu interlope dont son fils croise parfois les silhouettes bruyantes dans la cage d'escalier. (Quand il y songe, ce demi-monde qu'il côtoie ferait frémir les convives du salon Tuileries.) Il est parfois si complètement « raide » qu'il emprunte à son fils les mille francs anciens envoyés par le grand-père belge, qui les a économisés sur sa retraite d'ouvrier. Misère sans fin ! Certains mois se terminent au Mont-de-Piété. Un jour qu'ils n'ont vraiment plus un sou, ils doivent se résoudre à aller demander de l'aide à Suzanne Flon, qui a autrefois joué avec la mère de Patrick Modiano ; c'est à pied qu'ils se rendront avenue George-V, n'ayant même pas de quoi acheter deux tickets de métro. Elle maudira l'ex-époux, mais aura l'élégance de dépanner son ancienne camarade de tréteaux.

Ce n'est pas le moindre des paradoxes de cette journée : le jeune homme pauvre passe son temps à traquer les Racine sans savoir que Florence Gould les distribue autour d'elle à profusion.

Oui, pourquoi le cacher, ce chèque est le bienvenu.

Cette idée redonne le sourire à Florence, qui ignore ces détails sinistres et ne soupçonne même pas l'existence de Sheila et de Françoise Hardy (sa culture musicale culmine dans la fréquentation de longue date de Maurice Chevalier, qui lui a d'ailleurs promis de venir déjeuner un de ces jours au Meurice) mais sait déceler, à une paire de chaussures fatiguée et au frétillement devant un rectangle homologué par la Banque de France, le besoin. Il est réconfortant de savoir qu'on fait le bien autour de soi.

Le lauréat la remercie avec ses bafouillements habituels. Il commence une phrase et ne la termine pas.

Autour de la table, on commence à avoir l'habitude. C'est l'émotion qui, sans doute, lui coupe la parole.

À leurs propos maternels, le jeune homme a deviné quelles certitudes ils avaient à son sujet. Qu'ils pensent ce qu'ils veulent. Qu'ils mettent sa timidité sur le compte de la joie, si cette pensée les réconforte.

Patrick Modiano ne voudrait surtout pas gâter l'ambiance, émousser le contenu des flûtes, ternir l'enthousiasme dont tous ses voisins font preuve. Le lauréat est un garçon timide, poli et délicat. Le silence est une défense efficace quand les scrupules vous assaillent.

Car, après avoir entendu le discours de Morand, le jeune homme est convaincu que ce prix est le fruit d'un malentendu. Il le voit bien : les jurés ont salué en lui un quasi-gamin incollable sur leurs jeunes années ; ont peut-être apprécié au premier degré son héros, lâche, goguenard, antisémite. Ses phrases à l'emporte-pièce, ils les ont eues maintes fois au bord des lèvres. Cette rancœur maladive, ils l'ont souvent éprouvée. Les héros de son livre, ce sont eux. L'écrivain, avec ce roman cinglant, a compris qu'il leur avait tendu un miroir. Faut-il vraiment s'en vanter ?

Mais comment refuser cinq mille francs quand on n'a pas toujours mangé à sa faim et qu'on a derrière soi une maison d'édition trop heureuse de faire sortir de l'ombre le premier roman d'un inconnu ?

Aussi accueille-t-il les applaudissements qui jaillissent à présent en salve nourrie en baissant les yeux, comme si cette nappe blanche le fascinait. Il a gardé pour lui ses réserves. Surtout, que ces vieux, très vieux messieurs gardent de lui le meilleur souvenir.

Peu de gens autour de la table savent quel souvenir pénible vient à Florence à chaque fois qu'elle sort un chèque de son réticule. Celui du petit matin de la fin août 1944 où les FFI ont débarqué chez elle, avenue de Malakoff. À cette amie d'Ernst Jünger, qui n'avait pas jugé bon de snober les officiers allemands en temps d'Occupation, la Résistance était venue réclamer des comptes. Était-ce sa faute si ce fils d'un pharmacien de Hanovre, dont le profil d'aigle et le regard azur laissaient plutôt croire qu'il descendait d'un Junker prussien, avait pris goût à cet appartement fastueux où l'on ne connaissait pas le sens du mot « privation » ? Où l'on servait, chose inimaginable, du vrai café en 1943 ? Où l'on croisait Paulhan, Léautaud, Jouhandeau et Morand ? Les jeunes résistants, pleins de morgue, avaient glissé des sous-entendus. Comme s'il n'y avait pas plus urgent à entreprendre que de faire causer les matelas. Avaient sans autre forme de procès conclu à la compromission avérée avec l'occupant nazi.

Au bout d'une journée entière de laborieux palabres ponctués de protestations indignées, Florence avait dû son salut à son carnet de chèques. Le montant qu'elle avait inscrit était si élevé qu'elle avait pu regagner son domicile le soir même. Pour tout le monde et surtout pour l'avenir, cet épisode serait à classer dans la catégorie des calomnies.

Même si elle avait été brève, l'expérience lui avait paru humiliante. Ces déjeuners où se presse le Tout-Paris de la littérature, c'est sa revanche. Plus personne ne lui reprochera ses fréquentations. (Hormis, post mortem, ses biographes, mais avec une telle mansuétude que le péché devient erreur de jeunesse : *Florence, après sévère enquête des gouvernements français, américain et monégasque, est vite lavée de tout soupçon même si elle a manqué de discernement dans le choix de certains amants* – litote délicieuse !)

Roland a attendu que la brève cérémonie soit achevée pour lancer le service du dessert. Comme l'hôtesse du déjeuner, il va de surprise en surprise et ne sait pas à l'avance ce qui va sortir de la cuisine. Mais il peut attester du succès rencontré par le changement de menu car c'est lui qui ressert les convives et débarrasse les assiettes. Jamais les invités de Florence Gould n'ont eu meilleur appétit qu'aujourd'hui. À tous égards, cette journée est historique.

Le crissement léger du ramasse-miettes se fait entendre. C'est le chef de rang qui est à la manœuvre, s'activant à rendre sa virginité à la nappe damassée. Il a bien tenté de tendre l'instrument au maître d'hôtel, car il y avait deux carafes de vin à remplir. Mais Roland, en dépit de toutes ses convictions égalitaristes, n'aurait jamais consenti à se charger de cette tâche subalterne. Cette hiérarchie qu'hier encore il fustigeait, il est incapable de la remettre en cause lorsqu'il s'agit d'accomplir les tâches concrètes qui font qu'un déjeuner dans un palace ne ressemble en rien à un pique-nique aux Buttes-Chaumont.

Aristide Aubuisson est aux anges. Cette brève cérémonie de remise d'un prix littéraire lui a paru le comble du chic. Il aurait été assis sous la Coupole pour assister à la réception d'un nouvel académicien qu'il n'aurait pas été plus heureux. Ce déjeuner aurait été parfait si sa voisine avait manifesté davantage d'intérêt pour Montargis et ses environs, mais Aristide, plein d'indulgence, se dit que le moment était peut-être mal choisi, au milieu de tous ces grands esprits, pour évoquer de triviales préoccupations immobilières. Pourtant, il commence à se sentir fébrile. Son pouls s'est accéléré, des gouttes de sueur perlent son front et son estomac malade peine à digérer cet excellent déjeuner. Il serre les poings, décidé à ne pas flancher avant la fin du repas. Salvador Dalí est en train de raconter la soirée d'anniversaire de mariage de Picasso et d'Olga en 1935, ici même, quand les invités s'appelaient Cocteau, Apollinaire et Diaghilev. *Tu te souviens, Gala, comme on s'est amusés ce soir-là,* lance-t-il à sa femme assise à l'autre bout de la table. Aristide frémit. L'idée qu'il prend un repas avec un homme qui a tutoyé tous ces génies fait oublier un moment au malade la rébellion de son organisme.

Tandis que Roland, à l'office, achève de dresser la pawlowa aux fruits rouges qui, c'est certain, provoquera des « Oh » et des « Ah » d'admiration, Lucien Grapier, échappé d'un comptoir qui pourtant exige sa présence, apparaît soudain dans l'embrasure de la porte. Il a l'air soucieux.

— Mademoiselle Arnaut vient de m'appeler. Charmeuse a disparu. Quelques minutes plus tôt, elle jouait tranquillement avec Tiffany, Lolita et Cookie sur le tapis de madame Gould. Mademoiselle Arnaut s'est absentée quelques instants dans la salle de bains et à son retour, il manquait un pékinois ! Tu imagines dans quel état elle est…

Roland se demande si on le prend pour un directeur de cirque. Ou pour le gérant d'un zoo affligé de pensionnaires indisciplinés.

— Tu crois que je vais lancer un avis de recherche ? « Sympathique boule de poils blancs égarée. Pékinois doté d'une grande sensibilité et prénommé Charmeuse. Si vous la croisez, merci de contacter au plus vite la suite 250-252-254. Forte récompense assurée. »

Que le pékinois favori de madame Gould manque provisoirement à l'appel est certes fâcheux, mais cela lui paraît anecdotique au regard de l'expérience historique qui se joue ici. Cette contrariété, ajoutée à celle provoquée par un menu inédit, aura une conséquence évidente : les Racine ne quitteront pas de ce jour le sac à main de leur propriétaire. Qu'importe après tout ? La révolution n'est pas corruptible.

Florence, à présent tout à fait soûle, repeint une dernière fois ses lèvres et referme d'un bruit sec son poudrier clouté de diamants. C'est le signe que chacun est autorisé à sortir de table. Avant de se lever, elle couvre de rouge Jacques de Lacretelle en l'embrassant et lui dit à plusieurs reprises, d'une voix de petite fille attendrie : *Toi, je t'adore. Je veux aller pêcher à la ligne avec toi.* Habitués à de tels débordements, les invités s'éclipsent vite, comptant sur un bouquet de fleurs pour manifester à leur hôtesse un signe ultérieur de gratitude qu'elle n'est, à en juger par la façon dont elle titube, pas en état de recevoir.

Aristide est parvenu à arracher une dédicace au lauréat, sur le point de s'éclipser. Le jeune écrivain a un regard absent et remplit cette obligation d'un stylo mécanique. *Aubuisson sans H mais avec deux S ?* Les questions qu'Aristide voudrait lui poser ne passent pas le seuil de sa gorge. Dans le

147

regard du jeune homme, il a lu la panique d'une bête pressée de regagner son terrier. Il s'étonne d'être le seul convive à réclamer une signature et quitte, du coup, la salle à manger avec un doute affreux : a-t-il commis un impair en sollicitant cet hommage ?

*
* *

Ils sont quelques-uns à rallier le bar pour prolonger le déjeuner et échanger leurs impressions. Il est trois heures et demie de l'après-midi. Pour la première fois, ils ne sont pas là pour s'empiffrer de cacahuètes et d'olives, avec l'impression d'avoir l'estomac vide. Sylvain, le barman, n'en revient pas de les voir ignorer les coupelles que, par habitude, il a placées devant eux. Il sait de quel appétit font preuve les invités de Madame Gould au sortir d'une Meuriciade.

Les quelques-uns commentent dans la bonne humeur les dernières heures. Tout compte fait, le lauréat du prix s'est avéré un garçon charmant. Peut-être un peu timide. Peut-être pas très à l'aise en public. Mais il est si jeune, il a des excuses. Quant à Marcel Jouhandeau, cette victime éternelle, quelle drôle d'idée d'aller essayer d'assouvir ses pulsions aujourd'hui… Vu son œil au beurre noir, Aldo a dû lui faire un sacré accueil !

Lequel d'entre eux, plus inspiré que les autres, a décidé que cette Meuriciade resterait dans les mémoires comme *le déjeuner des barricades* ? Nul ne le sait plus. En tout cas, l'oxymore est aussitôt fêté par une tournée supplémentaire. Désormais, une frontière invisible séparera ceux qui en étaient, et les autres.

Aristide Aubuisson a emboîté le pas à la petite troupe. Il veut profiter jusqu'à la dernière seconde de cette fête unique dans sa vie. Il va s'asseoir à côté de Salvador et Gala Dalí qui ont commandé un café, toujours pas blasé par ce voisinage. S'il osait, il demanderait un autographe au Maître. Il craint qu'à Montargis, personne n'avale son récit s'il ne rapporte pas une preuve de cette rencontre.

Il hésite, puis se lance.

— Je serais le plus heureux des hommes si vous acceptiez de.

C'est Gala qui lui répond, l'œil hostile, son menu visage crispé par l'antipathie.

— Dalí ne supporte plus les signatures. Ne comptez pas sur lui.

C'est à se demander comment cette femme revêche a pu susciter l'amour fou d'Éluard et inspirer de si beaux poèmes, se dit Aristide, blessé par la réaction de Gala. Car les soirées d'hiver sont longues à Montargis, et les poèmes y ont souvent réchauffé son âme solitaire. *Tu as toutes les joies solaires / Tout le soleil sur la terre / Sur les chemins de ta beauté.* Les années ont donc tant changé la muse ? Aristide découvre avec tristesse que les mythes littéraires peuvent, dans la vie réelle, se révéler décevants.

Sylvain a entendu cet échange. Il est, comme le reste du personnel, très attaché à ce client malade, qu'il voit à cette minute penaud et déçu. Il s'approche de Dalí. Lui sait comment manœuvrer cette personnalité boursouflée par la foi en sa propre importance. Lui sait quel qualificatif émeut l'artiste.

— Si Le Divin acceptait de laisser sa griffe sur le carnet de Monsieur, je crois qu'il ferait une bonne action.

Et le barman, qui connaît la faiblesse de son client à l'endroit de la famille royale espagnole, raison pour laquelle il exige d'être logé dans la suite qui fut celle d'Alphonse XIII, ajoute :

— Monsieur Aubuisson a récemment obtenu un autographe de Monsieur le comte de Barcelone.

Comme Roland ce matin, il ment sans le moindre sentiment de culpabilité. Cette conspiration du personnel n'a pas d'autre but que de procurer à un malade les dernières joies de sa vie.

(Propos tenus sous l'œil étonné et réprobateur de la nouvelle recrue, qui s'explique mal comment son supérieur peut pratiquer une telle entorse à la règle d'or selon laquelle les personnalités aiment ce bar parce qu'on les y laisse tranquilles.

Sylvain le remarque, et note qu'il faudra aussi lui apprendre qu'une règle est faite pour souffrir des exceptions, au nom de l'intérêt supérieur du cœur humain. Mais ce sont des nuances qu'on ne sait pas à vingt ans. On les comprend plus tard, ou parfois jamais.)

Sylvain a visé juste. Dalí lui sourit et s'empare de la feuille que lui tend Aristide. Gala, furieuse, tourne le dos au barman qui a outrepassé son veto. Le Maître rend l'autographe à Aristide et prononce ces mots :

— On peut dire de moi n'importe quoi, mais j'aime que ce soit long.

Aristide n'a pas le temps de lui répondre qu'il peut compter sur lui, que son nom va résonner longtemps dans les rues de Montargis et même au-delà, qu'il en fera désormais une affaire personnelle. Dalí est déjà parti et lui se décide à regagner sa chambre. La tête lui tourne. Sûrement un excès de bonheur.

Soudain, la porte du bar s'entrouvre. Un visage anxieux ausculte la pièce plongée dans la pénombre. Rassuré par le spectacle, il se décide à entrer. C'est le directeur de l'hôtel. Plus exactement, le ci-devant directeur de l'hôtel. Il est venu jusqu'ici en rasant les murs, redoutant par-dessus tout de croiser son délégué syndical. Lequel, forcément, l'aurait rabroué : *Mais que faites-vous encore ici ? Je n'ai pas été assez clair ce matin ?*

Ayant envisagé l'hypothèse d'une telle rencontre, fâcheuse ô combien, le directeur avait préparé sa défense. *Monsieur Dutertre, les bars d'hôtel sont ouverts à tout le monde, que je sache. Qui m'empêche de boire un gin tonic ou un bloody mary au bar du Meurice, comme n'importe quel quidam parisien ? Je paierai mon verre, n'ayez pas d'inquiétude.* De toute façon, il n'en pouvait plus de son tête-à-tête avec la radio et les cigarettes, dans ce sombre bureau où il était incarcéré. Et il n'a pas la tête aujourd'hui à s'autoriser quelques privautés avec sa secrétaire (ce dont il est coutumier en temps normal).

Roland est heureusement absent du bar. Fourbu par les heures qu'il vient de vivre, il grille une cigarette à l'office avec le chef saucier et le chef pâtissier. Le directeur – la déformation professionnelle, toujours – repère instantanément l'intrus, cet homme affalé sur un canapé qui n'a l'air d'attendre personne. C'est l'inspecteur des Renseignements généraux. Il n'a pas bougé du bar depuis ce matin, convaincu qu'un bon agent ne juge une situation que sur pièces. Pas de rumeur, pas de on-dit : des preuves. Tant que durait le déjeuner de madame Gould, il a jugé que son devoir lui commandait de rester à proximité du salon Tuileries. Un dérapage pouvait survenir. Un académicien pris à partie par un employé. Un ancien ministre insulté en public. Une duchesse quasi violée par un garçon d'étage qui aurait oublié que le code pénal résiste aux gaz lacrimogènes. Heureux prétexte pour s'attarder au bar du Meurice. Il est des missions plus agréables que d'autres. Au Perrier rondelle a succédé le whisky, puis le Dry Martini. Aussi, à cette minute, son esprit est-il si brumeux qu'il serait incapable de faire la différence entre un situationniste et un maoïste. Il n'est pas en meilleure forme que Florence Gould qui a regagné sa suite en dispensant ses invités de la cérémonie des adieux.

Cette apparition du directeur ne trouble pas Sylvain. C'est l'un des avantages de l'ancienneté : il arrive un moment où le cœur se blinde face aux imprévus. Comme ce jour de janvier 1965, il y a trois ans, où un homme petit et élégant, vêtu d'un manteau en cachemire et coiffé d'un feutre, s'était présenté devant lui : *Je suis le général Dietrich von Choltitz. Je souhaiterais voir le directeur.* Au Meurice, on évitait autant que possible d'évoquer cette époque nauséabonde. Mais quelques mois plus tôt, le barman avait lu d'une traite le best-seller de Lapierre et Collins, *Paris brûle-t-il ?*. Aussi le nom du général lui était-il familier.

Au directeur accouru quelques secondes plus tard, Choltitz avait expliqué qu'il souhaitait revoir la suite royale, celle où il avait installé son bureau du temps de son bref commandement. Celle où s'était joué le sort de Paris.

Comme s'il avait passé ces vingt dernières années la mémoire ligotée à ces quinze jours passés au Meurice.

Le directeur était monté avec Choltitz à l'étage. Par chance en cette saison, l'hôtel était assez vide et la suite inoccupée. En chemin, le directeur avait essayé d'imaginer le hall aujourd'hui paisible et éclairé par des lustres clinquants, cette nuit-là plongé dans l'obscurité, hérissé de sacs de sable, agité par les allées et venues des officiers. Les vitrines où les joailliers parisiens exhibaient leurs créations alors dédiées aux photographies du Führer. La panique gagnant les étages. Dietrich, harcelé par Berlin qui demandait sans cesse si Paris, enfin, brûlait. Le lever du soleil, à l'aube du 25 août, la dernière inspection par le gouverneur militaire des troupes de l'armée allemande camouflées dans le jardin des Tuileries. Et la surprise des secrétaires qui, au bout du fil, entendaient une voix anglaise ou française, goguenarde, réserver une chambre au Meurice pour le soir même. *La suite royale, Fraulein! Pour ce jour de fête, je ne veux pas moins bien!* Les demoiselles du standard étaient plus pétrifiées encore que lorsqu'elles constataient que leur vernis à ongles n'était pas sec – c'est dire. Elles avaient bien compris que c'était la façon qu'avait la Résistance d'informer l'état-major allemand qu'il n'y avait plus aucun doute et que Paris serait bel et bien libéré dans les heures à venir.

Devant les fenêtres donnant sur les Tuileries et leurs arbres dénudés par l'hiver, Choltitz s'était souvenu de tout. De son aide de camp qui le suppliait d'éloigner sa culotte de cheval gansée de rouge des fenêtres, de peur qu'un tireur posté à l'extérieur ne le vise. De sa décision de désobéir aux ordres d'un chef devenu fou. *Imaginez-vous : la dernière fois que je l'ai vu, le 7 août, il avait de la bave aux lèvres comme un chien enragé. Il avait un regard féroce, soupçonneux et complètement inhumain. Le matin du 25 août, je me suis rendu compte que je ne pouvais pas condamner mes hommes à mourir dans une bataille perdue d'avance. J'ai décidé alors que si les terroristes ou la populace envahissaient Le Meurice, le combat devait continuer ; mais que si des troupes régulières se présentaient en premier, j'offrirais ma reddition.*

Le général en retraite s'était tu, songeur, perdu dans ses souvenirs. *C'est ce que j'ai fait, lorsque le commandant de La Horie est venu m'arrêter. Je me souviens encore des insultes de la foule quand je suis sorti, les bras en l'air, rue de Rivoli. J'ai bien cru que j'allais me faire lyncher. Mais cette colère, ces cris, ces crachats, je les comprenais : j'ai payé pour tous les nazis qui m'avaient précédé. Pensez : mille cinq cent vingt-cinq jours d'occupation…*

Pendant ce temps, resté seul, le barman avait envoyé un groom en urgence à la librairie Galignani pour se procurer un exemplaire du récit de Lapierre et Collins, car il rêvait de se le faire dédicacer. Un livre agrémenté de l'autographe d'un de ses principaux personnages, c'est une rareté dont il serait dommage de se priver quand l'occasion se présente ! Le groom s'était avéré un bon à rien. Il était revenu bredouille, incapable de trouver la librairie Galignani qui est pourtant à trente mètres de l'hôtel sous les arcades de la rue de Rivoli. Sylvain n'aura pas son livre dédicacé (et le groom en question devait longtemps subir les conséquences de cette déception, qui brisa l'élan de sa carrière au Meurice).

Le directeur était redescendu au bar avec son visiteur et lui avait proposé un verre. Choltitz n'avait rien voulu boire. Ce pèlerinage l'avait rendu mélancolique. *Et dire que je n'ai jamais emmené Uberta à Paris… Ces monuments qui, grâce à moi, sont toujours debout, elle ne les a jamais vus. Elle n'a jamais voulu m'accompagner ici : trop de mauvais souvenirs, vous comprenez.*

Au bout d'une heure, le général était reparti. Le directeur l'avait vu s'éloigner avec un certain soulagement. Il était partagé entre l'envie de témoigner des égards à l'homme qui avait sauvé Paris et la crainte de le voir s'attarder un peu trop, au risque d'être reconnu par un des clients de l'hôtel.

La présence de ce fantôme risquait de raviver une mémoire que l'hôtel préférait occulter. L'année suivante, on avait appris qu'il s'était éteint chez lui, à Baden-Baden.

Il n'avait pas eu le temps de montrer les splendeurs de Paris à Uberta.

C'est d'un autre combat qu'on parle à cette minute au Fontainebleau. L'agent des Renseignements généraux est sorti de sa léthargie et, ayant reconnu le directeur, s'adresse à lui d'une voix pâteuse :

— A-t-on des nouvelles de la motion de censure ?

— Pas encore. D'après la radio, on ne connaîtra pas le résultat avant huit heures du soir.

Du vote qui a lieu en ce moment dépend leur sort à tous deux.

Si le gouvernement tombe, se dit l'agent, le ministre tombe. Le directeur de la police tombe. Mon rapport sur la contagion révolutionnaire au Meurice est lu d'un œil neuf par le nouveau supérieur, forcément acquis aux idées gauchistes. Et ma promotion au grade de divisionnaire devient improbable.

Si le gouvernement est renversé, se dit le directeur, le ministre n'est plus ministre. Il ne vient plus se délasser au Meurice. Et je perds un nom précieux dans mon carnet d'adresses, une de ces relations haut placées qu'il est toujours bon d'avoir.

Hubert, transistor ! braille le directeur en maudissant l'absence du stagiaire.

S'il y a une bonne nouvelle pour le directeur dans cette journée de cauchemar, c'est la présence de ce représentant de l'État au sein de son établissement. L'enthousiasme du personnel pour cette nouvelle forme de gestion lui fait redouter que des débordements ne viennent, dans la soirée, constituer le codicille de cette journée particulière. Le directeur, qui vient de passer les dernières heures le transistor collé à l'oreille, précise donc aimablement : *Les journalistes de la radio sont formels : ça va de nouveau chauffer ce soir au Quartier latin. Il paraît que les étudiants sont très remontés par l'interdiction de séjour de Cohn-Bendit. Franchement, je crois que le gouvernement est mal barré...* Et comme il ne tient pas à ce que le policier les quitte trop vite, ajoute : *Reprenez un autre verre, c'est moi qui vous l'offre.*

— La 616 vient de faire un malaise !

C'est Denise qui a passé la tête et cherche un responsable pour prendre en main la situation. Un responsable ? Le directeur et le barman se regardent. Le mot est périmé depuis hier soir, Denise le sait bien. Il faut sans doute prévenir Roland, qui a un œil sur les moindres soubresauts de la vie à l'hôtel, ou bien Lucien qui, en tant que concierge, est le mieux placé pour appeler les secours. *J'étais en train d'aider maître Aubuisson à enfiler son manteau lorsqu'il est devenu très pâle et s'est effondré d'un seul coup,* explique Denise très émue par l'incident. *– J'espère qu'il ne va casser sa pipe chez nous, ce serait le pompon,* s'exclame le directeur qui a horreur de ce genre de publicité pour l'hôtel. Ses homologues le savent aussi bien que lui : pour un palace, la rubrique des faits divers est à fuir. *Prévenez Lucien et demandez-lui d'appeler un médecin,* ajoute le directeur qui a complètement oublié qu'il ne l'était plus. L'agonie d'un homme défie les principes politiques. *Il paraît que les morgues sont pleines,* ajoute le directeur, pragmatique. *On risque d'avoir un cadavre sur les bras. Un cadavre au Meurice ! Il ne manquait plus que ça…*

Allongée sur son lit avec un début de migraine, Florence Gould regarde la photo, posée sur sa table de chevet, où le général de Gaulle épingle à son revers les insignes d'officier de la Légion d'honneur, et se sent soudain pleine de compassion pour lui. La communauté de leurs destins l'émeut. On lui reproche son grand âge. On veut le mettre à la porte. On l'a follement admiré et maintenant on veut le remplacer. Après ce déjeuner grand-guignolesque, où la seule compagnie véritable qu'elle a eue fut celle de sa coupe de champagne, elle se sent aussi abandonnée que le chef de l'État. D'habitude, les intimes viennent lui faire la causette après le déjeuner, commenter les faits et les mots de la Meuriciade. Aujourd'hui, ils ont tous filé comme si la vie était plus amusante à l'extérieur. Elle se sent comme une comédienne en manque de rappels. Elle a envie de s'apitoyer sur son sort de diva en fin de carrière. Si elle n'avait pas si mal à la tête, elle sonnerait Mademoiselle Arnaut pour lui réclamer des explications sur ce menu extravagant. Mais à la minute même, elle se sent incapable de faire une scène à quiconque. Seule la tendresse muette et inconditionnelle des pékinois pourrait chasser ses idées noires. Où sont-ils passés d'ailleurs ? *Charmeuse ! Tiffany ! Lolita ! Cookie !* Sa voix pâteuse ne rencontre aucun écho.

Aidée par deux chasseurs vigoureux, Denise a remonté Aristide Aubuisson dans sa chambre. La 616 n'est pas la meilleure chambre de l'hôtel. (C'est là, au sixième étage, qu'autrefois on logeait *les courriers*, ces chauffeurs, valets de chambre, nurses, dames de compagnie qui accompagnaient les clients. À partir de 1947, ces usages ayant de moins en moins cours, ces chambres avaient été dévolues à la clientèle. De cette pratique, il restait cependant un vestige : la salle des courriers qui, au sous-sol, jouxtait le vestiaire du personnel et qui, au désespoir de Lucien Grapier, n'était plus si fréquentée qu'autrefois.) On y entend la conduite d'eau qui siffle, crache, glouglloute dans la muraille. Située en face de l'ascenseur, le client doit par surcroît subir le bruit de la grille qui se referme, clic-clac, puis s'ouvre à nouveau. Mais le jour où Aristide s'était installé au Meurice, la veille du début de la grève générale, l'hôtel était encore plein. On lui avait donné la dernière chambre libre. Personne n'imaginait à quel point la situation se dégraderait si vite.

Au fur et à mesure que les clients s'étaient mis à quitter les lieux et que les réservations s'étaient taries, le personnel avait proposé au notaire de le déménager dans une chambre plus vaste et moins bruyante. Il avait à chaque fois refusé, prétextant la fatigue supplémentaire des valises faites puis défaites à nouveau. La vérité, c'est qu'il avait pris goût à ces nuisances qui lui donnaient l'impression que la vie, autour de lui, poursuivait son cours. Il aurait bien le temps de jouir du calme quand il serait mort.

Chaque matin lui apportait son lot de secondes exquises pendant lesquelles, dans un demi-sommeil, il ne savait plus au juste où il se trouvait. Il ouvrait les yeux, contemplait le plafond, se tournait vers les fenêtres aux rideaux entrouverts et apercevait, au loin, les toits de Paris. Alors il se souvenait qu'il avait dormi au Meurice et cette pensée le plongeait dans une joie sans limite. De mémoire d'employé, on n'avait jamais vu un client si peu blasé.

Du fait des pannes de courant, c'est aujourd'hui une pièce où le silence est seulement troué par le pépiement des oiseaux. La pénurie d'essence a transformé le moindre immeuble parisien en villégiature campagnarde. Au moins, le client ne sera pas dépaysé à son réveil, sourient les employés. Il pourra se croire rentré à Montargis.

Aristide s'est réveillé de son évanouissement mais son teint est encore blême et il respire mal. *On a fait appeler un médecin*, lui dit Denise, maternelle. *D'ici là, reposez-vous.* Confondu par tant de sollicitude, Aristide bafouille qu'il ne voudrait pas déranger. Il aimerait expliquer que son malaise ne résulte pas de sa maladie, mais d'un excès de nouveautés qui a perturbé son cerveau provincial. Que pour quelqu'un dont la vie mondaine a culminé dans les soirées du Rotary de Montargis, ce déjeuner représente beaucoup d'émotion. Mais qu'il ne regrette rien, car une journée aussi pleine que celle-ci a été plus longue que les quarante années de vie insipide qui l'ont précédée.

Une silhouette brune et maigre erre dans le salon de lecture. C'est le lauréat qui, soudain, alors qu'il traversait le pont des Arts, a fait demi-tour.

Il n'a pas oublié son manteau dans le vestiaire du Meurice. Il n'a pas laissé le chèque de son prix sous sa serviette. Il a un remords : celui de n'avoir pas parlé plus longtemps avec cet homme qui avait l'air si malade, cet Aristide Aubuisson qui lui a fait dédicacer un exemplaire de son livre. Il sentait qu'il avait mille questions au bord des lèvres. Par sa faute, elles sont restées sans réponse. Il a fui ce palace où l'accueillaient des êtres surgis d'une époque qui l'obsède. Maintenant, il regrette son départ précipité. Il n'a que vingt-deux ans et pourtant il devine que les bons lecteurs sont rares ; et qu'on ne perd jamais son temps à épuiser leur curiosité. Il voudrait le retrouver et prendre le temps de converser avec lui.

Du salon émerge une délicieuse odeur de cannelle, de sucre, de vanille. Le chef pâtissier n'est pas plus en grève que ses collègues, et c'est tant mieux. C'est l'heure du goûter. Les chariots tapissés de pâtisseries circulent entre les tables. On se croirait dans un conte russe ou un roman de la comtesse de Ségur. Les clients sont retombés en enfance. Les doigts se lèvent. C'est l'école, avec seulement des bons points. Si Paris doit brûler ce soir, qu'on ait au moins le ventre plein, semblent dire les clients affalés dans des bergères de soie.

Hélas le vestiaire est désert. La dame charmante qui s'en occupe doit être en pause. Patrick Modiano erre dans les salons luxueux du rez-de-chaussée, ne sachant pas à qui s'adresser. Le concierge, pendu à son téléphone, le repère, silhouette fantomatique traînant ses mauvaises chaussures sur le marbre de l'entrée. Le lauréat a fini par s'asseoir dans le salon de lecture, ayant peut-être oublié ce pour quoi il était revenu. Au vrai, il n'est pas pressé de rejoindre son domicile, de traverser à nouveau des rues encombrées de fourgons de CRS, de replonger dans cette atmosphère qui lui fait penser à une époque où, à la seule vue d'un policier, on baissait les yeux et on pressait le pas. Sa mémoire est si saturée de souvenirs de l'Occupation qu'il connaît tous les immeubles à double issue de Paris : on ne sait jamais. Le jeune écrivain observe le ballet des clients et des maîtres d'hôtel, laisse à nouveau son esprit divaguer vers le passé. Qui pourra lui dire si les lieux gardent une légère empreinte des personnes qui les ont habités ?

Lucien Grapier a fini par dénicher un jeune interne de l'hôpital Beaujon, qui arrive exténué de sa longue marche à travers Paris. Le concierge est bien le digne successeur de Fernand Gillet, le fondateur de l'association des Clefs d'Or. L'impossible est notre métier, aimait à répéter son prédécesseur au Meurice.

Le concierge a conduit le médecin à la 616. Puis a attendu discrètement avec Denise dans

164

le couloir pendant la consultation. Roland les a rejoints, ayant été mis au courant de l'incident par le barman. Tous trois sont soucieux. Qu'Aristide Aubuisson puisse s'éteindre ce soir, dans cette chambre, sous leur toit, est une perspective qui les terrifie. Non pas, comme le directeur, par peur du scandale. Mais parce que tous ont pris en sympathie ce client si poli et qu'ils voudraient pouvoir lui offrir quelques heures supplémentaires de douceur et de luxe.

Le médecin est sorti de la chambre perplexe.

— Ce n'est pas son état physique qui m'inquiète le plus. Je suis au courant pour son cancer. Forte baisse de tension et douleurs à l'estomac, rien d'anormal dans l'état où il est. Il peut vivre encore plusieurs semaines.

— Qu'est-ce qui vous inquiète, alors ? s'affole Denise.

— C'est son état mental. Il manifeste des troubles délirants. Il n'a pas arrêté de me citer les noms de Salvador Dalí et de Pablo Picasso, comme s'il s'agissait de ses parents les plus proches. S'il continue, je me demande s'il ne faut pas envisager un transfert en psychiatrie.

Les employés poussent des soupirs de soulagement. C'est le génie du lieu, qui rend possible cette familiarité entre pensionnaires de toutes les époques. Le diagnostic du médecin est accueilli par des sourires de satisfaction qu'il s'explique mal. Sainte-Anne attendra.

— Gardez-le ici tant que possible, conclut l'interne. Les hôpitaux sont pleins, ces jours-ci. Vous ne pouvez pas imaginer ce que nous voyons arriver chaque nuit…

— Ce que vous voyez arriver ? s'inquiète Roland, qui pense à son fils juché sur les barricades.

— Ce que vous voyez arriver ? répète Denise, qui sait que son mari affronte les manifestants derrière son casque dès la nuit tombée.

— Toutes les nuits, c'est la même chose, explique l'interne. Ils ont tous la même blessure. La tempe gauche ouverte au même endroit. Juste au-dessus de l'arcade sourcilière. Au début, on ne comprenait pas. Et puis à force de leur demander ce qui s'était passé, de reconstituer leurs gestes, on a identifié les causes. Quand les CRS les arrêtent et les entraînent vers les paniers à salade, ils ne se méfient pas. Ils montent une jambe pour s'engouffrer dans le véhicule. Instinctivement, ils baissent la tête. Et c'est dans ce moment de distraction que la violence s'engouffre. Le policier posté à l'entrée du fourgon sort sa matraque et frappe. Nous, on les recueille aux urgences, quand ils pissent le sang et que le commissariat ne peut pas les recevoir dans un tel état. Au mieux, des points de suture. Au pire, un traumatisme crânien.

Un silence consterné a accueilli ces propos. Ils se regardent. Pensent la même chose : que dans le luxe immuable du palace, ils n'avaient pas idée de ce qui se tramait au-dehors. Et que derrière les utopies charmantes de la révolution, il y a, possiblement, un lot de violences qui leur fait horreur.

Pour briser le silence pesant qui a suivi son récit, l'interne conclut :

— Vous connaissez la célèbre phrase de Mao ? « La révolution n'est pas un dîner de gala. »

Les employés en queue-de-pie et gants blancs hochent la tête. Lucien déclare avec gravité :

— Ce Monsieur Mao, qu'à ma connaissance l'hôtel n'a encore jamais eu l'honneur de compter parmi ses clients, a prononcé une bien belle phrase.

Les cris sont tellement stridents qu'ils ont franchi les murs et traversé les étages. Ils proviennent de la 250-252-254. Denise, Roland et Lucien ont abandonné le médecin pour dévaler l'escalier et aller aux nouvelles. La porte de Madame Gould est ouverte. C'est de son antichambre que provient un raffut hystérique comme l'hôtel en a rarement connu. Les choses doivent être graves pour que la milliardaire, d'habitude si placide et enjouée, pousse de tels hurlements.

Sur la méridienne de soie maculée de taches de sang, Babou, triomphant, achève de dépecer le cadavre de Charmeuse.

Serrées les unes contre les autres, terrorisées, Tiffany, Lolita et Cookie se sont réfugiées sous un secrétaire.

Florence Gould, assise dans un fauteuil, sanglote dans les bras de Willy. Mademoiselle Arnaut se ronge les ongles en les regardant.

C'est une catastrophe. La mort subite d'Aristide Aubuisson n'aurait pas provoqué davantage d'émoi chez le personnel. En quelques secondes, ils ont mesuré toutes les conséquences du drame qui vient d'avoir lieu. L'animal de compagnie du client le plus célèbre de l'hôtel vient de dévorer le pékinois favori de leur meilleure cliente.

Il est urgent de faire le point dans le couloir.

— Il fallait que cela arrive un jour, commente Denise, que le drame ne prend jamais au dépourvu.

— C'est décidément une drôle de journée, ajoute le concierge.

— Drôle je ne crois pas, répond Roland.

— Il va falloir prévenir le Maître, déclare Denise, toujours pragmatique.

— Et lui demander de mieux enfermer Babou à l'avenir, insiste Lucien.

Ils se tournent vers Roland. Après tout, c'est lui le chef, aujourd'hui. Vertige de l'autorité. Angoisse de dominer. Chef pas si chef. Qui cherche la feinte, l'excuse, l'ailleurs. Tout pour ne pas à avoir à accomplir ce sale boulot.

— Vous vous en sentez capables, vous ? demande Roland. Moi pas. Le Maître est très susceptible. Et vous savez combien il est attaché à son ocelot. Bonne chance à celui qui va aller lui faire cette leçon.

Lucien et Denise se taisent, pas plus enclins que lui à se dévouer pour aller parler au Maître.

— Personne d'autre que le directeur ne peut se charger de cette mission, admet Roland à contrecœur.

— Et qu'est-ce qu'on fait pour Madame Gould ? Doit-on prévoir un dédommagement ? demande Lucien.

— Il faut demander au directeur, répète Roland.

Le délégué syndical, assez mortifié par les concessions successives qu'il vient de faire à l'esprit de cette journée, se reprend aussitôt et se tourne vers ses collègues.

— Je me demande si cet incident n'est pas une métaphore. La révolution vient d'assassiner le grand Capital.

— C'est une métaphore qui va nous coûter cher en tout cas, raille Denise. La méridienne est fichue. Aucune femme de ménage ne pourra effacer les traces du carnage. La note du tapissier va être salée.

En soupirant, Roland se dit que la Chouette ne changera jamais : on peut toujours compter sur elle pour annoncer des catastrophes.

— Rien à faire de vos métaphores à deux francs, interrompt Lucien. Il y a plus urgent. Denise, faites disparaître le cadavre du pékinois et appelez le Maître pour qu'il vienne récupérer Babou. Willy, trouve des calmants pour Madame Gould. C'est dommage, on avait un médecin sous la main à l'instant mais il vient de filer. Et toi, Roland, va chercher le directeur. On a vraiment besoin de lui.

Mais le directeur, qu'on avait pourtant vu traîner dans les couloirs de l'hôtel une bonne partie de la journée, est introuvable. Roland l'a cherché partout. Il n'est ni dans son bureau, ni au bar, ni dans les salons du rez-de-chaussée. Ni à l'office, ni dans les cuisines. Le transistor dont il ne se sépare pas gît sur une table dans le vestiaire du personnel. Le maître d'hôtel peste contre cette désertion, avec une mauvaise foi qui lui permet d'oublier que c'est lui qui, justement, a mis fin aux fonctions de son supérieur.

Roland a négligé de pousser son inspection jusqu'à la cave.

C'est là qu'en juin 40, le sommelier a, en urgence, fait murer une pièce pour y cacher les grands crus de la maison. Passe encore que les Boches s'emparent de l'Alsace et de la Lorraine, annexent une partie de la France et réquisitionnent l'hôtel ; passe encore que le personnel de l'hôtel, à l'exception de la réception et du standard, soit désormais tenu de travailler pour les occupants ; mais le Haut-Brion 1928 et le Sauternes 1929 leur échapperaient.

C'est là que le directeur a convoqué une réunion de crise avec ses homologues parisiens. Désœuvrés et inquiets tout autant que lui, ils ont tous répondu à l'appel. Ils sont arrivés par les différentes entrées du Meurice, qui par la rue du Mont-Thabor, qui par la rue de Castiglione, qui par la rue de Rivoli, pour ne pas se faire remarquer du personnel. Faut-il qu'ils soient préoccupés pour avoir réuni cette amicale clandestine alors que, en temps normal, ils ont plutôt pour habitude de se livrer une guerre commerciale sans pitié. Même si la pièce est sombre et l'air étouffant, ils sont mieux ici qu'à tourner en rond dans leurs bureaux, hésitant entre le jeu de patience et les mots croisés.

Entre eux, ils s'appellent du nom de leur établissement. C'est plus commode et cela évite les confusions à l'heure des changements de direction. Les actionnaires sont parfois versatiles comme les femmes à l'heure de choisir la couleur de leur vernis à ongles.

— La situation n'est pas brillante, dit Bristol.

— Et même franchement inquiétante, confirme Crillon.

— Ne vous plaignez pas trop, tempère Lutetia. Vous au moins vous n'êtes pas à proximité des émeutes. Je vous rappelle que je suis le seul d'entre nous à être situé sur la rive gauche. Les jets de pierre sont si proches de nous que nous craignons toutes les nuits pour nos vitrines. Et je ne vous parle pas des gaz lacrymogènes à l'heure où les clients regagnent l'hôtel. Ils pleurent tellement qu'on jurerait qu'ils rentrent d'un enterrement…

— Et ce n'est pas fini, mon pauvre vieux, compatit Meurice. D'après la radio, ça va être pire cette nuit. Les étudiants sont très remontés par l'interdiction faite à Cohn-Bendit de rentrer en France.

— Vous ne vous préoccupez pas de mon sort, geint Plaza, alors que le concierge a pris ma place et a fait des employés les actionnaires de l'hôtel ? Le communisme ou ça, je ne vois pas bien la différence.

— Chez nous, ajoute George-V, les employés ont décidé d'être solidaires de leurs collègues du Plaza. Merci pour la contagion… J'ai eu la honte de ma vie quand ils ont défilé en uniforme avenue Montaigne. Vous auriez vu la tête des vendeuses de haute couture !

— Dans l'ouest, fait remarquer Raphaël, on n'est pas trop dérangés. Sauf que des dizaines de réservations sont annulées chaque jour et que les derniers clients cherchent à quitter le pays par tous les moyens. Jamais notre taux d'occupation n'a été si bas.

— Chez nous aussi ! s'exclament en chœur Crillon, Bristol, Lutetia et Meurice.

Ritz n'a encore rien dit. C'est tout de même une référence dans la profession. Ritz a un ascendant certain sur ses homologues, auréolé qu'il est par le génie maladif de Proust et le courage alcoolisé de Hemingway. Même en tournant toutes les pages de tous leurs livres d'or, aucun de ses homologues ne peut se vanter d'un passé aussi chic. Son nom est l'antonomase des palaces. Fitzgerald n'a pas écrit *Un diamant gros comme le Bristol* ou *comme le Plaza*. Non, il a écrit *Un diamant gros comme le Ritz*. C'est à vous rendre jaloux, quand on est du même métier. Dans ce syndicat qui n'en est pas un, il fait figure de chef.

On frappe à la porte de la cave. C'est Prince de Galles qui, essoufflé, s'excuse de son retard : depuis ce matin, il était séquestré dans son bureau par son personnel : huit heures d'affilée passées à contempler chaque nervure de chaque feuille de chaque arbre de l'avenue George-V depuis sa fenêtre, et l'obligation humiliante de demander la permission pour aller au petit coin. À cause de la pénurie d'essence, il n'avait même pas le spectacle du ballet des automobiles pour distraire son ennui, qui avait vite atteint des proportions incommensurables. La fièvre obsidionale menaçait cet homme dont les journées étaient habituellement ponctuées de mille soucis à affronter, de mille ordres à donner, de mille décisions à prendre. Il n'avait dû son salut qu'à une histoire de vieille mère malade. (Dieu merci, les syndicalistes aussi ont une mère.)

— Ils sont comment, chez vous ? demande-t-il à Meurice.

— Contaminés par les idées qui circulent. Ils disent qu'il faut rendre le pouvoir à la base. Résultat, ils m'ont mis à la porte hier soir.

Meurice et Prince de Galles échangent un regard de sympathie mutuelle ; il faut dire qu'ils sont un peu cousins, Prince de Galles ayant été créé par Arthur Million qui possédait déjà Le Meurice. Son fils André est leur commun propriétaire. Ce sont des liens du sang comme les autres.

— Mais de quoi ont-ils à se plaindre ?! reprend Plaza.

— On ne peut pas dire que nous les traitions mal, s'indigne George-V.

— On n'est pas des négriers, quand même ! proteste Lutetia.

— La promotion interne encouragée ! confirme Bristol, qui a commencé à la plonge alors qu'il n'avait pas encore l'ombre d'une moustache et a gravi tous les échelons depuis.

— Chez nous, on sait quand on rentre, jamais quand on sort, abonde Prince de Galles, qui, voilà vingt ans, a été embauché pour un contrat de six mois.

— Des salaires très corrects et des pourboires faramineux ! renchérit Meurice, qui pense aux Racine de madame Gould.

— Et la chance de travailler dans des endroits magnifiques, ajoute Crillon. Ils ne sont tout de même pas sur une chaîne à Billancourt !

Connivents, ils partagent la même incompréhension face aux revendications de leurs employés. Et comme un vague sentiment d'injustice.

— S'en prendre au sauveur de la France, c'est une honte ! dit Lutetia qui, depuis que le jeune capitaine Charles de Gaulle a passé sa nuit de noces dans une de ses chambres en 1921, se sent une affection particulière, et pour tout dire comme un lien charnel, avec le chef de l'État.

— Si le gouvernement est renversé ce soir, ajoute Meurice, pessimiste, je ne vois pas comment nous allons sauver notre peau. La gauche réclame des nationalisations. Notre métier ne survivra pas à ce genre de réforme.

Ces palabres leur ont donné soif. Il fait de plus en plus chaud dans cette cave exiguë. Le plafonnier a clignoté quelques instants puis s'est éteint. Ils sont dans le noir. Le directeur n'a pas pensé aux bougies.

— Ils ont dû voter la prolongation de la grève à la centrale de Porcheville, commente Bristol, blasé.

— On ne va pas rester ici. Si on allait boire un verre au bar ? propose Ritz.

La proposition laisse ses homologues pantois. Ils le savent tous : la règle d'or de leur métier est de ne jamais se prendre pour un client. Qu'est-ce qui prend à Ritz d'enfreindre ainsi les principes fondamentaux de la profession ?

— Dans une journée où le personnel se prend pour la direction, je ne vois pas pourquoi la direction ne se prendrait pas pour le client, explique Ritz. Plus personne ne veut être à sa place, pourquoi resterions-nous à la nôtre ?

Le raisonnement, limpide, les a convaincus. De toute façon, ils en ont assez de cette réunion clandestine où ils se cachent comme des maquisards du Vercors traqués par l'armée nazie. Un Dry Martini ou un Bellini au Fontainebleau ne feront de mal à personne.

Il y avait au Moyen Âge, à l'approche du nouvel an, une journée des fous. Ce jour-là, dans les abbayes, dans les monastères, dans les églises, la hiérarchie religieuse valse dans la liesse. Etc.

Le charivari inhabituel provoqué par les hurlements de Florence Gould et la cavalcade des employés dévalant l'escalier a réveillé la 202 au beau milieu de sa sieste. J. Paul Getty, paniqué, en est certain : les révolutionnaires ont pénétré dans l'hôtel et s'apprêtent à massacrer tout ce qui ressemble de près ou de loin à un capitaliste.

Son pouls s'affole.

L'heure est grave.

Il n'aurait jamais dû écouter Florence. Il se souvient encore de ses paroles rassurantes. Une parodie de révolution qui va s'essouffler d'abord, s'épuiser ensuite. Il l'a crue, et il a eu tort.

Il commence par fermer à clé la porte d'entrée de sa suite, mesure légère qu'il conforte par le transport d'une commode devant ladite porte. Il n'est pas dit qu'aujourd'hui, les étudiants auront le monopole des barricades. Il vérifie que les crémones des portes-fenêtres donnant sur les Tuileries sont bien vissées.

Puis il s'assoit devant le bureau et prend une liasse du papier à lettres de l'hôtel. L'emblème du Meurice, ce lévrier surmonté d'une couronne, dont on raconte qu'il était devenu la mascotte des ouvriers pendant les travaux d'embellissement de 1907, illustrera donc ses dernières volontés.

« Ceci est mon testament. » La première phrase lui est venue très facilement. La suite est plus laborieuse. Il s'agit de n'oublier personne. Femmes légitimes (cinq au total), enfants (cinq aussi), maîtresses, personnel dévoué – ce qu'on appelle une vie. À l'heure du bilan et des regrets, il est ému. Il n'avait pas prévu de mourir à Paris, mais le Très-Haut avait sans doute décidé cette fin de longue date. Son fils aîné, Paul Getty Junior, attend un enfant pour le mois de juillet ; il ne connaîtra pas cet ultime avatar de la dynastie. Il regarde une dernière fois par la fenêtre le jardin dessiné par Le Nôtre, songe que la vie n'est pas aussi rectiligne que ce parc. Stoïque, il accepte son destin. Au loin, il aperçoit la silhouette maigre du lauréat de tout à l'heure qui marche à grandes enjambées le long des pelouses et se dirige vers la rive gauche. Il aura donc réussi à s'échapper. Il envie un instant le jeune homme chanceux, que la révolution aura épargné et qui a l'avenir devant lui : des femmes à aimer, des enfants à concevoir, des livres à écrire.

Il achève son texte et ajoute la mention « Fait à Paris le 22 mai 1968 », le signe – et s'inquiète soudain. Le chasseur qui pourrait porter ce pli au bureau de poste a sans doute déjà été égorgé à l'heure qu'il est. Et de toute façon, les postiers sont en grève, comme le reste du pays. Ses dernières volontés ne franchiront jamais ni la Manche, ni l'Atlantique. Il pose l'enveloppe bien en évidence sur le bureau et écrit en lettres grasses : « À n'ouvrir qu'après ma mort ». Puis, pathétique gargouille adossée à une cathédrale invisible, il s'accroupit le long du mur en attendant que la meute sanguinaire vienne le chercher.

Sylvain a vu apparaître les huit costumes-cravate juste après six heures du soir. Celui du directeur lui est familier. Les autres, moins. Dans le doute, et fidèle à ses principes, il décide de les traiter comme d'éminentes personnalités. Aimable, souriant, empathique, il prend les commandes puis fait signe au directeur qu'il a un mot à lui dire.

— On vous cherche partout depuis tout à l'heure. Il y a eu un drame en votre absence.

— La 616 n'est plus de ce monde ? demande affolé le directeur, qui se rappelle le malaise d'Aristide Aubuisson et, les aisselles trempées par l'anxiété, imagine déjà les gros titres de la presse, la réputation de l'hôtel mise à mal et un cadavre sur les bras faute de place à la morgue.

— Non, de ce côté-là les nouvelles sont bonnes. Le médecin a prescrit des calmants et du repos. C'est à la 250 que ça s'est passé. Babou a mangé Charmeuse. Madame Gould est effondrée. Willy s'occupe d'elle. Mais on a besoin de vous pour parler au Maître.

Le directeur, qui n'est pas directeur pour rien, accueille la nouvelle avec la réaction appropriée : une consternation sans nuances. Si la lutte des classes s'étend à l'espèce animale, l'avenir est bien sombre.

Les homologues observent, goguenards, le directeur. Ils se regardent, l'air entendu, pensant tous la même chose : que Meurice a beaucoup exagéré la cruauté de son sort, tout à l'heure dans la cave. Ses employés le réclament. Demandent son aide. L'associent à la marche de l'hôtel. Mis à la porte ? Quelle blague ! Ils en riraient volontiers si la situation n'était pas si tragique. Ils aimeraient bien, eux aussi, être mis à contribution par leur personnel. Ils aimeraient bien redevenir des directeurs.

Meurice quitte ses homologues en s'excusant, pressé par ces urgences nouvelles. Affalés sur les canapés de cuir tendre, ils se détendent peu à peu. C'est une drôle d'expérience, pour un directeur d'hôtel, de se mettre dans la peau d'un client. Ce n'est pas désagréable. C'est même, se disent-ils au bout de quelques gorgées, franchement délicieux. Au mur, les fresques de Lavalley qui mettent en scène masques et bergamasques devant le château de Fontainebleau contribuent à faire de cette pièce sombre un endroit hors du temps. Prince de Galles oublie les heures pénibles de sa séquestration. Lutetia élude la perspective inquiétante de nouvelles manifestations dans son quartier à la nuit tombée. Plaza et George-V omettent de se souvenir que leurs employés ont été piqués par la mouche de la contestation. Tous, ils évitent de se rappeler la fréquentation des hôtels en chute libre.

Le bar se remplit peu à peu. Le shaker de Sylvain s'agite. Dehors, entre chien et loup, la lumière baisse. La ville se prépare à la nuit qui va tomber. L'agent des Renseignements généraux a dû quitter à regret le Fontainebleau : un coup de fil de son supérieur, transmis par le réceptionniste, l'a informé qu'on comptait sur lui pour jouer les informateurs dans la manifestation qui se prépare au Quartier latin. Par un miracle que nul ne s'explique, le pianiste a réussi à gagner son tabouret, via un long trajet qui a commencé à La Garenne-Colombes. Avec quelques notes de Nat King Cole et un cocktail devant soi, qui se rappellerait que la révolution est sur le point d'advenir ?

Personne bien sûr, sauf J. Paul Getty, toujours accroupi contre le mur de sa suite et attendant sa fin imminente. L'hôtel a beau être vaste, ses murs épais, ses chambres enfouies sous les molletons et les toiles de Jouy, la musique y traverse l'espace et se charge d'inviter ceux qui se sentent seuls à descendre s'accouder au piano et commander un verre. L'alcool n'est pas un ami moins précieux que les autres. Le pensionnaire de la 202 sort du placard la bouteille de whisky que, par souci d'économie, il met toujours dans sa valise (on n'a jamais vu un hôtel facturer un verre rempli de glaçons), et se souvient que sur le *Titanic* aussi, on a joué de la musique juste avant le naufrage final.

Dans son vestiaire, Denise rumine. Le récit du médecin, tout à l'heure, au seuil de la 616, a chamboulé toutes ses certitudes. Pour la première fois, elle se demande à quoi son mari occupe ses nuits. Et si lui aussi distribuait des coups de matraque à l'entrée des fourgonnettes ? Oui, elle aime l'ordre. Oui, elle respecte la hiérarchie. Mais la violence faite aux manifestants, telle que l'a décrite le jeune médecin, l'indigne. Ce sont des gamins, après tout. Des gamins qui rêvent. Qui écrivent des phrases sans queue ni tête sur les murs et qui érigent des barricades comme tant d'autres Parisiens avant eux. D'accord, l'utopie finit toujours par se fracasser sur le réel, mais quoi de plus triste qu'une vie sans utopie ?

Le directeur emprunte l'escalier pour se rendre à la 108-110. Machinalement, il redresse les tableaux accrochés au mur que des clients pressés ont fait chavirer de leur clou. Machinalement encore, il passe un doigt sur la dorure de leur cadre, pour y traquer un reste de poussière. Se prendre pour un client ? Il en a de bien bonnes, Ritz ! Le client ne change pas les ampoules. Le client ne remplace pas les savons dans la salle de bains. Le client ne vérifie pas que la poussière a été faite sous les rideaux des chambres et sur les consoles. Le client se laisse porter par cette atmosphère où, délesté de la moindre responsabilité, il peut rêver, dormir, vivre à loisir. Le directeur est incapable de suivre l'injonction de son homologue. Toujours, la conscience professionnelle resurgira. Il faut connaître ses propres limites.

Au premier étage, le Maître, la moustache en érection, est en train de peindre un centaure sur le miroir de sa chambre. L'ocelot repu dort à ses pieds. Le directeur soupire, sachant par avance quels scrupules viendront à la femme de chambre à l'heure de passer le chiffon sur la production de l'artiste. (La déformation professionnelle, toujours.)

Dalí se retourne et devance la question. *On m'a raconté ce qui s'est passé tout à l'heure chez Madame Gould. Babou n'est pas responsable. C'est l'époque qui a provoqué cet incident. Que voulez-vous ? La Révolution affame. Elle donne des envies de meurtre. Elle laisse au bord de la route les amoureux du confort et de la quiétude.*

Il caresse le crâne de Babou, qui ronronne de plaisir. *Je ne vais tout de même pas lui reprocher d'avoir cédé à ses pulsions révolutionnaires.*

Le Maître a l'air outré. La dernière fois qu'il s'est mis dans un tel état, c'est lorsque la direction du Meurice, dans un louable souci de modernisme et d'hygiène, a remplacé les cuvettes des toilettes en bois verni par des cuvettes en plastique. À l'idée que son génial postérieur ne se poserait plus sur la même cuvette que celui d'Alphonse XIII,

Dalí était entré dans une colère noire. Il avait fallu fouiller tout l'hôtel pour retrouver un spécimen à l'ancienne et le restituer à la suite royale.

Le directeur a compris que tout reproche et toute mise en garde étaient vains. Le Divin est intraitable quand il s'agit de son animal. Peut-être Babou possède-t-il des réserves d'affection que Gala a épuisées depuis longtemps ?

Une deuxième mission, plus pénible encore, l'attend : se rendre à la 250 et présenter des excuses à Madame Gould.

Quand le directeur pénètre dans sa suite, elle est en train d'insulter Aldo, son chauffeur. Il vient de lui présenter sa démission, au motif que les invités de Madame se permettent avec lui des privautés insensées. Que ce monsieur Jouhandeau, dont il a peut-être repoussé les avances avec trop de vigueur, mais enfin on a sa dignité, n'est pas le seul ni le premier. Qu'il n'en peut plus de voir papillonner les amis de Madame, enfin certains, autour de sa crinière blonde. Et que de toute façon, comme il n'y a plus une goutte d'essence dans Paris, il ne voit pas très bien à quoi il sert.

Aldo n'aurait pas pu choisir un plus mauvais moment pour cette entrevue. À sa décharge, il ignorait la fin tragique de Charmeuse et le chagrin alcoolisé de sa patronne. Ayant beaucoup de temps libre du fait de la pénurie de carburant, il en a profité pour aller se promener dans les jardins du Palais-Royal une bonne partie de l'après-midi.

La démission d'Aldo a mis Florence hors d'elle. Elle n'a pas l'habitude qu'on la quitte. C'est elle qui décide quand elle veut se passer des gens. Décidément, tout va de travers aujourd'hui. L'attrait des Racine n'est plus ce qu'il était.

Reconnaissant le directeur qui entre, Florence Gould le prend à témoin.

— Ce grand dadais veut me quitter. Il paraît que certains de mes amis lui tournent autour et qu'il trouve cela insupportable. Vous ne trouvez pas que c'est un motif bien léger pour abandonner la meilleure place de Paris ?

Le directeur sait par expérience qu'il est inutile de s'immiscer dans un conflit entre un client et son employé. Il a déjà bien à faire avec son propre personnel.

Soudain, interloquée, Florence se reprend.

— Mais qu'est-ce que vous faites ici ? Je croyais que le personnel vous avait renvoyé... Il a changé d'avis ?

Mettant son orgueil dans sa poche, il fait comme s'il n'avait pas entendu la question méprisante de sa cliente, et préfère lui parler comme s'il n'avait jamais cessé de diriger cet établissement. Il est ici pour autre chose, de toute façon. Il cherche un moyen de présenter ses condoléances à Florence.

Au vrai, il redoute que l'Américaine n'ait, comme tant de ses compatriotes, le goût du procès. Depuis qu'il a appris la nouvelle, son imagination s'est emballée. Il entend la plaidoirie de l'avocat dénonçant des négligences ahurissantes dans la tenue de l'hôtel ; il lit les gros titres des journaux, décrivant le meurtre épouvantable et exagérant sans doute les souffrances de la victime pour vendre du papier ; il voit la milliardaire obtenir de l'hôtel un dédommagement faramineux, qui plomberait une trésorerie déjà malmenée par les événements ; et, pire que tout, il pressent le départ de la cliente, ses malles Vuitton entassées à la va-vite dans la Rolls, pour une suite à l'année au Ritz ou au George-V.

Il s'avance vers elle, mielleux, s'empare de ses deux mains qu'il porte à sa poitrine et, d'une voix aussi affligée que possible, lui murmure : *J'ai appris pour Charmeuse. Sachez combien je partage votre peine.* Il voit poindre une larme sous les lunettes fumées et ajoute : *Je garde d'elle le souvenir d'un petit être délicieux et attachant.* Puisant dans le souvenir des phrases entendues lors des obsèques de sa mère, il y a six mois, il conclut : *Elle nous a quittés trop tôt.*

Florence Gould regarde le directeur d'un œil différent. En lui, elle ne voit plus le directeur, mais un homme comme les autres, c'est-à-dire un être doté de bras qui réconfortent, de mots qui apaisent, de caresses qui réchauffent. Elle a une peur si atroce d'être seule à cette minute qu'il ne faudrait pas grand-chose – le frôlement d'une main, un regard chargé de sous-entendus – pour qu'elle cédât à son désir, si jamais il se manifestait.

Mais le directeur est un homme qui a des principes, le premier d'entre eux étant qu'on ne mélange pas le travail et le plaisir.

Évidemment, si la menace d'un procès se précisait, il serait prêt à faire une entorse à ces principes. La bonne marche de l'hôtel avant tout.

On n'en est pas là heureusement et Florence Gould n'a pas l'air d'en vouloir au Meurice pour la mort de Charmeuse. Elle ne parle même pas de dédommagement ou de préjudice moral.

Ce qui n'est pas le cas d'Aldo, qu'on avait un peu oublié dans un coin de la chambre. Et qui se rappelle au bon souvenir de sa patronne par ces mots : *Il y a peut-être un moyen de s'arranger. Je pense qu'une augmentation de mon salaire serait justifiée. Elle compenserait les risques que je cours.*

Florence sourit. Ce genre d'histoires se termine toujours comme cela. Tous, elle les tient par le portefeuille. L'idée qu'elle se fait du genre humain ne s'en trouve pas grandie.

Il y a toujours un moment dans la journée où le cœur n'y est plus. À l'heure où ce grand paquebot qu'est l'hôtel s'apprête à traverser la soirée puis la nuit, celui de Roland ne va pas très fort. L'enthousiasme de ce matin s'est dissipé.

Tout l'après-midi, à chaque fois qu'il passait devant la réception, il surprenait la même conversation. Aux intonations affligées de son collègue, il comprenait. De Londres, de Rio, de Chicago, de Moscou, de New York, c'est une cascade d'annulations. Nul ne veut plus se hasarder à venir en vacances dans un pays où la situation paraît si instable. Où l'on redoute que le charivari étudiant ne vire à l'émeute insurrectionnelle. Où le gouvernement paraît en très mauvaise posture. Au téléphone, les Américains sont les plus virulents. *No way !* Il n'est pas question de se rendre à Paris où l'on risque, au train où vont les choses, de tomber bientôt sur l'Armée rouge bivouaquant place de la Concorde. Qu'il paraît loin, le temps où le Brésilien d'Offenbach chantait à tue-tête : « Paris je te reviens encore ! »

Derrière son comptoir, Lucien s'ennuie. Personne ne lui demande plus de réserver des places pour le théâtre ou l'Opéra, d'appeler chez Lasserre ou La Tour d'argent pour s'assurer qu'une table est libre, de vérifier les horaires d'ouverture d'un musée ou de quérir un coiffeur chez les sœurs Carita ou Alexandre pour un chignon urgent. Paris est une ville presque morte. Aussi le moral du concierge n'est-il pas meilleur que celui du maître d'hôtel.

Ils se sont retrouvés au vestiaire, pareillement vêtus d'une queue-de-pie en berne.

— C'est à se demander s'il ne va pas falloir fermer l'établissement. Le Grand Hôtel l'a bien fait il y a plusieurs jours, explique Roland à Lucien.

— Fermer l'hôtel? Tu n'es pas sérieux, j'espère! s'indigne Lucien, pour qui une telle reddition face aux événements est impensable.

— À quoi bon entretenir un personnel inoccupé et maintenir ouvertes des chambres où plus aucun touriste ne pose ses valises? continue Roland. Tout cela coûte cher. L'exercice 1968 va être très mauvais, c'est évident. Le chiffre d'affaires est en chute libre. Demande au comptable ce qu'il en pense.

— Fermer l'hôtel... reprend Lucien, consterné. C'est quand même une solution de dernière extrémité!

Il en est certain à présent: le déjeuner de Madame Gould a été la conclusion d'une époque, l'ultime illustration d'un mode de vie voué à disparaître dans les prochaines heures. Il va devoir, lui, Lucien Grapier, chef concierge d'un palace, lui qui frayait tous les jours avec les têtes couronnées, les ministres, les ambassadeurs, les académiciens, oui il va devoir retourner dans son pavillon de Fontenay-aux-Roses où ses plus proches voisins sont un représentant en aspirateurs alcoolique et une patronne de bordel en retraite. Troquer la queue-de-pie contre un pantalon et un chandail, cet uniforme du peuple. Et ne trouver de consolation que dans les apéritifs prolongés avec les anciens collègues, pour égréner encore et toujours la litanie des noms célèbres qu'ils ont côtoyés. Le Meurice, c'est toute sa vie. La perspective d'une existence loin de l'hôtel est déprimante. Il en a les larmes aux yeux.

— Ces jeunes qui font flamber des voitures et dressent des barricades sont en train de tuer notre métier, poursuit Roland. À quoi sert un hôtel si les touristes nous boudent ? Si ça continue, Le Meurice et les autres vont devenir des coquilles vides...

— Tu parles comme la Chouette ! Tu annonces les pires catastrophes ! s'étonne Lucien.

— Je parle comme un homme lucide, répond Roland.

— Chiffre d'affaires, profit, rentabilité... Je ne te savais pas si capitaliste, raille le concierge. Tu me fais penser aux actionnaires. Il ne te manque que de fumer le cigare. Où est passée l'utopie dont tu nous parlais ce matin ?

— Il faut croire que cette journée a changé ma façon de voir les choses, admet Roland.

Dans la salle à manger, les chefs de rang achèvent de dresser les tables pour le dîner. Les appliques ceintes de soie rose diffusent une lumière blonde qui peut, d'un instant à l'autre, s'éteindre. Grâce à la débrouillardise d'un chasseur qui a fait le tour des dernières quincailleries ouvertes à Paris, tous les chandeliers ont pu être garnis de bougies. Ce soir encore, les grévistes de Porcheville n'auront pas le dernier mot. Mais la moitié des tables du restaurant restera vide : entre les touristes enfuis et les Parisiens cloîtrés chez eux comme s'ils vivaient encore au temps du couvre-feu, l'activité tourne au ralenti. Les marmitons, qui ont pourtant coutume de râler face à la brutalité outrancière du chef à l'heure du coup de feu, regrettent le relâchement nouveau en cuisine. L'adrénaline des soirs où la salle est bondée leur manque. Les chefs de rang savent eux aussi que ce soir, ils n'auront pas à vivre l'habituelle schizophrénie qui est l'essence même de leur métier : quand, pour servir cent personnes qui réclament en même temps cinq plats différents, ils doivent se bousculer, se heurter, s'insulter même dans les termes les plus grossiers au moment de se croiser dans l'étroit couloir qui sépare la cuisine de la salle à manger puis, dès le seuil franchi, s'élancer un plat à la main, le sourire aux lèvres, en ondulant comme des cygnes entre les tables avant de s'incliner cérémonieusement devant les clients – comme ces ballerines qu'une entorse fait grimacer en coulisses mais qui, dès qu'elles sont parvenues sur la scène, offrent au public un sourire éclatant.

Au bar, les directeurs des palaces de Paris sont à présent presque ivres. De toute façon, ils ne sont pas pressés de retourner dans leurs établissements. Ils n'ont aucune envie de croiser les révolutionnaires au petit pied que sont devenus leurs employés en ce printemps mémorable. Et le champagne reste, à ce jour, l'un des moyens les plus sûrs d'oublier que si leurs revendications salariales devaient être satisfaites, la trésorerie de leurs établissements en prendrait un sacré coup.

— On peut avoir un autre verre, Sylvain ?

Le chef de cuisine, encore grisé par les compliments que lui a valu ce déjeuner pour le moins atypique, vient de prendre une grave décision. Dès demain, il rend son tablier. À qui, il ne sait pas très bien, et cela dépendra de la tournure que prendront les événements. Mais il le rend, c'est certain. Il n'en peut plus des caprices absurdes des clients. Du mal qu'il faut se donner pour trouver un plateau d'oursins en plein mois d'août. Des uns qui mangent sans sel, des autres qui exigent une cuisson parfaite. C'est décidé : il va ouvrir un restaurant. Un endroit où il sera le maître, où la carte lui ressemblera, inventive, variée, fantaisiste. Un restaurant où les belons et les endives braisées n'auront pas leur place. Ce soir sera son dernier soir à la tête de la cuisine du Meurice. Son second aura enfin le poste qu'il guette depuis des années. Qui sait ? Il ira peut-être, son service terminé, chanter *L'Internationale* de l'autre côté de la Seine.

Dans la suite 250, Florence Gould, sous l'effet conjugué du champagne et des calmants, a fini par s'endormir. Willy s'est emparé de son exemplaire de *La Place de l'étoile*, l'a feuilleté au hasard. Il tombe sur ces lignes qui l'amusent : « Votre gueule de gigolo m'excite en diable ! M'électrise ! Adorable petite frappe ! Mac de charme ! Bijou ! » Willy observe la cliente qui dort, ses mains trapues et constellées de bagues posées sur sa poitrine. C'est incroyable : dans le sommeil, elle ne fait plus son âge.

Le directeur est monté à la 616 pour prendre des nouvelles d'Aristide Aubuisson. Au moment où il pénètre dans sa chambre, on entend le clocher de l'église Saint-Roch sonner sept coups. *Excusez-moi un instant, j'allume mon transistor, c'est l'heure du flash d'information, j'attends le résultat de la motion de censure. – Je vous en prie, faites comme chez vous.* En voilà un au moins, se dit le directeur, qui ne veut pas me mettre à la porte de mon hôtel. Il faudra penser à déduire les extras de sa note le jour de son départ.

Le résultat n'est pas encore tombé. À l'Assemblée, on compte et on recompte les voix.

À l'antenne, un reporter fait le compte rendu de ce qui se passe au Quartier latin. La nuit est tombée à présent et les étudiants, de plus en plus nombreux, commencent à se rassembler place Saint-Michel. «Nous sommes tous des Juifs allemands!», «Nous sommes tous indésirables!» scandent les manifestants très échauffés, comme c'était à prévoir, par l'interdiction faite à Cohn-Bendit de revenir en France. En son absence, c'est Alain Geismar qui mène le cortège, précédé de dix drapeaux rouges et dix drapeaux noirs.

Du lit où il est toujours couché, Aristide Aubuisson écoute le raffut radiophonique. *Que ça doit être amusant d'avoir vingt ans aujourd'hui!* s'exclame le malade, nostalgique et bienveillant. Les jeunes ne veulent plus être notaires? Comme il les comprend! Le directeur, lui, ne trouve pas cette manifestation amusante du tout. *Des drapeaux rouges et noirs, vous vous rendez compte? Pour moi, ce sont les couleurs de l'enfer.*

L'enfer, Aristide en est encore loin. Au directeur qui lui demande des nouvelles de sa santé, il répond avec douceur qu'il est confus d'avoir causé tant de tracas au personnel.

— J'ai des remords, ajoute Aristide, à propos de Madame Gould. Elle m'a gentiment invité à ce déjeuner brillant, que je ne suis pas près d'oublier je vous l'assure, et je n'ai même pas été capable de l'aider dans sa recherche d'une maison de campagne. Si vous saviez comme je m'en veux !

Le directeur le regarde, effaré. Qu'est-ce que c'est encore que cette histoire de maison de campagne ? Est-ce que Florence Gould envisagerait de quitter sa suite à l'année au Meurice sans l'avoir prévenu ? Si c'est le cas, la mort tragique de Charmeuse tout à l'heure ne va pas l'inciter à rester. Prudent, le directeur envisage aussi l'hypothèse d'un délire mythomane, qui ne serait pas surprenant venant de la 616 que tout le monde sait très malade.

Je sais qu'elle n'en peut plus de la Côte d'Azur, poursuit Aristide, candide. *La région était agréable dans les années vingt, quand il n'y avait personne. Maintenant, il y a autant d'embouteillages qu'à Paris ! Et puis à son âge, on a besoin de calme et de verdure. Elle sera très heureuse en Seine-et-Marne, j'en suis sûr. Pour une femme qui aime tant la littérature, ce sera idéal. Elle pourra lire sans être dérangée.*

C'est à cet instant que le directeur a penché pour l'hypothèse de la mythomanie. Florence Gould qui veut se retirer à la campagne pour y lire des livres ? Impossible ! Il connaît sa cliente. Elle ne lit que les comptes rendus que *Le Figaro* consacre à ses déjeuners. Loin du tintouin mondain de Paris, loin des réceptions académiques, loin des dorures du salon Tuileries, elle dépérirait. Cette vedette a besoin d'un public.

Dans le vestiaire du personnel aussi, on a allumé le transistor. Ce soir encore, les employés devront dormir sur les canapés des salons que la direction a mis à leur disposition dès le début de la grève générale. Au Quartier latin, la manifestation prend de l'ampleur. Cinq mille personnes, explique le reporter, se dirigent vers le Palais-Bourbon. Peut-être plus. La préfecture est sur les dents, à qui l'objectif de la Chambre rappelle de mauvais souvenirs. « Nous sommes tous des Juifs allemands ! » braillent, de plus en plus fort, les étudiants. *C'est réconfortant de savoir que les jeunes en ont fini avec la xénophobie d'autrefois !* fait remarquer Roland Dutertre avec un grand sourire.

« Nous sommes tous des Juifs allemands ! » Lucien Grapier demeure sceptique. Les Juifs allemands ont-ils une particule ou une ascendance royale ? S'habilleront-ils pour descendre dîner à la salle à manger de l'hôtel ? Si tout le monde se prend pour un Juif allemand, c'est la fin des aristocrates anglais, des princes espagnols, des sultans d'outre-mer. La fin de l'argenterie lourde, de la porcelaine fine, du protocole rigoureux. La fin du service en gants blancs et du raffinement à l'ancienne. Il ne se sent pas fait pour être le concierge de Juifs allemands. Ce soir, il se sent vieux et démodé.

« Nous sommes tous des Juifs allemands ! » Denise Prévost, née Rosenthal, revenue de Birkenau, écoute sidérée les hurlements des manifestants. Elle est partagée entre des sentiments contradictoires, la crainte que son mari, en dépit de son casque et de son bouclier, ne soit blessé ce soir dans les affrontements, et l'admiration pour le culot des jeunes gens. Ce qu'elle avait pris pour un chahut d'enfants gâtés, d'enfants qui n'ont pas connu la guerre, ses privations, sa cruauté, ce chahut cache une forme d'idéal qui, ce soir, la touche.

— C'est beau ce slogan, dit-elle. Cela rend optimiste sur l'avenir du pays.

Lucien et Roland la regardent avec étonnement. C'est la première fois que la Chouette prononce une phrase positive. Ce mois de mai est décidément plein de surprises.

— C'est à croire que Monsieur Modiano a rédigé leurs slogans, ajoute Denise, qui est la seule parmi eux à avoir lu le livre couronné quelques heures plus tôt. Il parlait des Juifs collabos, des Juifs normaliens, des Juifs snobs. Des Juifs français aussi. Peut-être a-t-il voulu ajouter les Juifs allemands à sa liste ?

— Monsieur Modiano n'a certainement pas rédigé ce slogan, ni aucun des autres d'ailleurs, répond Roland. Je l'ai entendu dire beaucoup de mal des étudiants pendant le déjeuner. Il n'approuve ni leurs manifestations ni leurs barricades.

Il est temps de se remettre au travail. Quel que soit l'auteur du slogan, ce n'est pas lui qui va s'occuper des clients et faire tourner l'hôtel.

Tous les trois se dirigent vers la salle à manger pour vérifier que les chefs de rang ont dressé les tables et que tout est prêt au cas où un client aimant à se restaurer tôt débarquerait à l'improviste. Sur les tables encore vides, les nappes saumon ont été doublées, les serviettes au pliage compliqué sont posées sur les assiettes, le cristal des verres luit sous l'éclairage miel des lampes Art déco. Les derniers fleuristes de Paris ayant baissé leur rideau, il a fallu se résoudre à orner les vases de fleurs en tissu, ce qui, Lucien l'a répété en vain, *n'est pas digne d'un établissement de classe.*

— Ne t'en fais pas, s'est moqué Roland, qui adore faire grimper son collègue aux rideaux, le duc et la duchesse de Windsor n'ont pas réservé une table ce soir.

— Tant mieux, a répondu le concierge, à qui une telle éventualité donne des sueurs froides. Ils auraient certainement fait demi-tour face à une telle faute de goût.

— Cela va être d'un triste, ce soir, cette salle à manger à moitié vide ! se désole Denise.

— Le pire, ce sera le silence, acquiesce Roland. Le bruit, c'est la vie.

— On va finir par ressembler au grand hôtel d'une ville d'eau à la basse saison, approuve Denise. Deux ou trois malheureux clients vont passer la soirée à s'observer du coin de l'œil. C'est dire comme le restaurant va avoir l'air sinistre !

Un hôtel de ville d'eau à la basse saison ! Comparaison insultante. Vexante. Humiliante. Les trois collègues partagent le même dépit.

— Madame Gould ne descendra certainement pas, ajoute Lucien. Elle ne voudra pas prendre le risque de croiser le propriétaire de l'assassin de Charmeuse.

— Willy m'a dit qu'elle a demandé ses deux bouillottes plus tôt que d'habitude, et qu'elle se contentera d'un bouillon dans sa suite, confirme Roland. On pourrait proposer à Hubert-Transistor de rester dîner, cela ferait une personne de plus.

— Si on insistait aussi pour que Monsieur Getty quitte sa suite et vienne au restaurant ? suggère Denise. Cela mettrait un peu d'animation.

— Seul le directeur peut le convaincre, répond Roland. Tu sais bien qu'il s'est mis en tête que tous les employés sont des brutes acquises aux idées de la révolution.

— Le directeur ! Jamais on n'a eu tant besoin de lui… ironise Lucien.

Le directeur est redescendu de la 616 et vient de s'entretenir avec le chef réceptionniste. Au point de vue des réservations, cette journée est encore plus catastrophique que les précédentes. Les touristes boudent Paris comme jamais. Flanqué du stagiaire qu'il a retrouvé dans le hall, il en profite pour tester ses aptitudes en analyse économique. *Des dizaines d'annulations en quelques heures, quelle conclusion en tirez-vous ?* Le stagiaire réfléchit. Hésite. Se lance prudemment : *Orly est fermé et personne ne peut rejoindre Paris. Les clients attendent que les liaisons aériennes soient rétablies pour venir.* Quel imbécile, se dit le directeur. C'est donc cela, ce qu'on leur apprend dans les grandes écoles ? *Tout cela veut dire que l'exercice 1968 sera très mauvais. Le pire de tous, sans doute, depuis la réouverture de l'hôtel après la guerre. Et que monsieur votre grand-père ne va pas être très content.*

C'est à se demander si, à tout prendre, la nationalisation n'est pas préférable. Elle débarrasserait l'entreprise de cet héritier sans envergure. Le directeur n'en peut plus de ce stagiaire et a soudain besoin du réconfort de ses semblables. Si les homologues n'ont pas quitté le bar, c'est auprès d'eux qu'il pourra s'épancher et trouver des oreilles compréhensives.

Non, ses collègues n'ont pas quitté le Fontainebleau. Vautrés dans les canapés (posture qu'ils réprouveraient chez n'importe lequel de leurs clients), ils refont le monde depuis deux heures. Ils accueillent Meurice dans une bonne humeur d'autant plus alcoolisée qu'ils savent que Sylvain n'osera jamais leur présenter la note. Le barman a identifié les visiteurs. Au cas où il devrait un jour passer un entretien d'embauche avec l'un d'entre eux, il ne faudrait pas que ce douloureux souvenir soit un obstacle rédhibitoire.

Le directeur est à peine assis que Roland vient le déranger.

— Il faudrait que vous alliez dire un mot à la 202. Le restaurant va être désert ce soir, ce serait bien qu'il descende y dîner. Vous seul pouvez le convaincre de quitter sa suite.

Les homologues, franchement amusés, observent Meurice. On ne le croira plus jamais, celui-là. Tout à l'heure, c'était une sombre histoire d'animaux qui s'étaient entre-tués, maintenant c'est un problème de restaurant à remplir. Toujours sur le qui-vive, leur collègue. Qu'il n'aille plus se plaindre auprès d'eux, à l'avenir. Leur conviction est faite : c'est un mythomane.

Roland observe le groupe et a soudain une inspiration.

— Ces messieurs nous feraient-ils le plaisir de rester dîner chez nous ?

Voilà qui sortirait le restaurant de sa torpeur, redonnerait de l'optimisme au chef de cuisine, occuperait les marmitons : telle est l'intuition de Roland.

— Ce sera aux frais de la maison, bien entendu, ajoute-t-il, ayant compris qu'il est des dépenses qui, dans le long terme, finissent par devenir des recettes, et qu'une salle à manger bruyante et vivante ferait beaucoup pour le retour de la clientèle.

Le directeur, admiratif, l'a écouté lancer cette invitation sans rien dire. Les homologues se sont tournés vers Ritz, leur chef naturel. Lui seul sait ce qu'il convient de faire en pareilles et inédites circonstances.

— C'est ma foi une excellente idée, approuve le souverain de la place Vendôme. Nous voulions, une fois dans notre vie, nous prendre pour des clients. Il était dit que cette expérience aurait lieu aujourd'hui. Et on n'a pas tous les jours l'occasion de tester la concurrence. Nous acceptons cette invitation avec joie !

Le directeur frappe quelques coups à la 202.
J. Paul Getty tressaille.
L'heure est venue. Enfin !
Il commençait à se lasser de regarder la moindre volute des rideaux, de détailler le moindre berger, le moindre mouton brodé sur la tapisserie, de

patienter dans ce décor mièvre si éloigné de la violence du temps présent. Les coups se répètent, mais restent discrets. Derrière la porte, une voix interroge : *Puis-je entrer, Monsieur Getty ?*

Est-ce une ruse pour lui faire ouvrir le loquet ?

Il n'imaginait pas les révolutionnaires aussi polis. À Ekaterinbourg, ils n'avaient pas fait tant de manières au moment de liquider la famille impériale. Ils ont fait des progrès, depuis 1918.

— Je suis le directeur du Meurice. Pouvez-vous m'ouvrir votre porte ?

Le directeur ! Il est donc toujours en vie ? Quelle joie de savoir cet homme si sympathique encore de ce monde. Il est peut-être venu l'exfiltrer en compagnie d'un agent du consulat américain ? J. Paul Getty défait sa barricade et tourne la clé.

— Cela nous ferait très plaisir si vous descendiez ce soir au restaurant, explique le directeur.

Des larmes de reconnaissance montent aux yeux de J. Paul Getty. Il y a quelques minutes encore, il voyait sa fin toute proche, et voilà qu'un homme urbain et courtois vient l'inviter à dîner. Jamais il n'avait réalisé à quel point il tenait à la vie.

— Votre sollicitude me touche, croyez-le. Mais monsieur le directeur, où en est exactement la situation politique ? Voyez-vous venir la fin des grèves et des troubles ?

— Heureusement que vous m'en parlez ! s'exclame le directeur en se frappant le front. On devrait connaître le résultat de la motion de censure d'une minute à l'autre.

Machinalement, il s'exclame : *Hubert, transistor !* Mais le stagiaire n'est pas là.

— Flûte, j'ai laissé mon transistor dans le vestiaire. Je file le chercher. Alors c'est entendu, nous comptons sur vous ce soir ?

Le stagiaire a tourné le bouton du transistor abandonné dans le vestiaire du personnel. À force de le trimballer de pièce en pièce, il a envie, lui aussi, de l'allumer. Dans le poste qui grésille et crache, il entend le vacarme de la manifestation qui enfle, les cris des étudiants, la description haletante du journaliste. Il n'a rien en commun avec les jeunes gens qui défilent : il porte un costume-cravate chaque jour et le mot « conseil d'administration » ne lui donne pas d'urticaire. Dans le reportage du journaliste dépêché au Quartier latin, c'est plutôt le sort des forces de l'ordre qui l'inquiète. Un pavé est si vite arrivé.

C'est ce qu'il explique à Denise, qui vient d'entrer dans le vestiaire et vers qui le porte une sympathie spontanée : il sait qu'elle est mariée à un gendarme. À sa grande surprise, Denise n'a pas l'air aussi critique que lui sur les désordres probables de la nuit à venir. Elle lui parle avec une grande douceur. *Il y a un vieux proverbe talmudique qui dit: «Ne pas dormir rend fatigué, ne pas rêver rend mort.» C'est seulement aujourd'hui que j'en ai compris le sens. Réfléchissez-y. Ne pas rêver rend mort.*

Il a poussé la porte du Fontainebleau avec une vigueur qu'on ne lui connaissait pas. Les clients ont tourné la tête, surpris par le contraste entre l'atmosphère feutrée du bar et l'excitation visible de cet individu. Même le pianiste s'est arrêté de jouer. Ils n'ont pas reconnu tout de suite le directeur, qui ordonne au musicien: *Continuez!* puis se précipite vers ses homologues et leur déclare, extatique:

— 233! 233!

Ils le regardent, atterrés. Meurice est non seulement mythomane, mais également atteint par des bouffées délirantes, songent les homologues, accablés. Bon pour l'asile, à leur humble avis. Prince de Galles se demande s'il n'est pas de son devoir d'en toucher un mot le plus vite possible à leur actionnaire commun.

— 233, répète le directeur, comme s'il était en consultation chez un orthophoniste pour améliorer sa diction.

Est-ce le numéro d'une chambre où vient d'avoir lieu un meurtre? Que vient de réserver la reine Elizabeth d'Angleterre en personne? Qui est en train de brûler par la faute d'un garçon d'étage pyromane ou acquis aux idées des jeunes excités de la rive gauche ? Les homologues sont perplexes.

— 233 voix : il leur en a donc manqué onze, s'explique le directeur. La censure a été rejetée ! Je dis bien, rejetée… C'est bien la première bonne nouvelle de cette journée… Il faut fêter ça !

Dans le bar enfumé, chacun digère l'information. Le gouvernement résiste. Les nationalisations attendront. L'opposition va rester l'opposition.

— Et la manifestation ? interroge Lutetia, qui s'inquiète pour ses vitrines et redoute des affrontements sur le boulevard Raspail. Aussi violente que prévu ?

— Hubert, transistor ! glousse le barman, qu'on n'avait jamais vu si insolent.

Mais le stagiaire a disparu.

Ils se sont tous levés pour se rendre dans la salle à manger. La table des sept homologues, placée au centre de la pièce, devrait suffire à sortir le restaurant de sa torpeur. Au loin, de l'autre côté de la Seine, on entend le bruit assourdi de détonations.

J. Paul Getty, tout juste descendu de sa suite, vient les saluer. Seul George-V lui fait la tête, poignée de main molle et grimace hostile : il lui en veut encore d'avoir quitté son établissement et d'avoir posé ses pénates chez la concurrence.

Les autres directeurs le saluent avec amabilité. Sait-on jamais, il pourrait devenir un jour un de leurs clients.

Roland est en train de prendre les commandes lorsqu'un visage familier pousse la porte du restaurant. Le ministre ! Il arrive, le front moite, la prunelle affolée, de la rive gauche. Le directeur, enchanté par cette apparition imprévue, se précipite vers lui. *Quel plaisir de vous voir, Monsieur le ministre. Sachez que j'ai bien pensé à vous toute la journée.* Tout à la joie d'avoir retrouvé le luxe clinquant et paisible du Meurice, le ministre devient trivial. *Merci mon vieux. On a eu chaud aux fesses, c'est vrai. Mais on n'a pas trop mal résisté. Content d'être ici.*

Tous les regards et toutes les oreilles sont tournés vers lui. Il ne pensait pas trouver tant de monde au Meurice un soir où la capitale est dans une telle ébullition. Fâcheuse publicité. Il ne faudrait pas qu'une gazette mal intentionnée signalât sa présence dans ce palace célèbre. Ou, pire, qu'un journal satirique ne le dépeigne, ayant eu vent de cette soirée par un informateur anonyme, sous les traits d'un débauché fréquentant le temple du vice. La médisance peut ruiner une carrière plus facilement qu'un vote à la Chambre.

Il entraîne donc le directeur dans un coin de la salle à manger pour pouvoir lui causer en aparté.

— Ma journée a été rude. Je crois que j'ai bien mérité de faire une pause chez vous. J'ai d'ailleurs donné rendez-vous ici même à une amie très chère. Je ne tiens pas à ce qu'elle soit vue de tous vos clients. Serait-il possible de la faire monter directement dans les étages ? Elle est facile à reconnaître : elle est rousse et elle a des jambes interminables…

En un instant, le directeur a retrouvé ses réflexes élémentaires d'efficacité et de discrétion.

— La moitié des chambres est libre, je serais très heureux de la loger dans la plus belle suite de l'hôtel, celle qui, depuis le septième étage, offre une vue inouïe sur tout Paris. Au début du siècle, le « roof garden », comme on l'avait baptisé, était le restaurant le plus prisé de la ville. J'ai encore dans mes archives la liste des clients qui ne juraient que par cet endroit… *The most fashionable rendez-vous of Paris ! Magnificient view !* Et j'en passe ! Vous ne pouvez pas savoir quel succès nous avons eu auprès des étrangers…

Il voit bien que le ministre, à cette heure, se fiche complètement de savoir où les mondains de France et d'ailleurs dînaient en 1907. Le directeur se reprend.

— Mais je dois vous avertir que l'ascenseur ne fonctionne plus et que Mademoiselle votre amie devra emprunter les escaliers. Je préviens de ce pas le concierge.

Ragaillardi par la perspective des heures galantes qui s'annoncent, le ministre tape sur l'épaule du directeur et, paternel, conclut :

— Monter sept étages à pied pour parvenir au septième ciel, j'accepte !

Ces détails pratiques réglés, le ministre peut s'asseoir à la table des homologues et n'est pas fâché de raconter les détails de son odyssée vers la rive droite.

C'est qu'il a eu toutes les peines du monde à franchir la Seine. L'échec de la motion de censure n'a pas brisé l'élan des étudiants, bien au contraire. Mais, devant le Palais-Bourbon, ils ont été refoulés par la police. « Nous ne sommes pas en mesure d'affronter la police de l'État bourgeois, avait déclaré Alain Geismar. Ne tombons pas dans la provocation. Nous allons revenir au Quartier latin. »

Sur le chemin, les manifestants se sont arrêtés rue de Solférino. Devant les locaux de l'Association de soutien au général de Gaulle, ils ont tenté d'allumer un incendie. (*Les bureaux du Général ! Quelle provocation !* s'afflige Lutetia). Plus loin, place du Panthéon, ils ont essayé de prendre d'assaut le commissariat du 5ᵉ arrondissement (*Un commissariat ! Le symbole de l'ordre et de la sécurité !* déplore George-V). Partout, des groupes mobiles multipliaient les destructions et les ébauches de barricades. Un mot d'ordre surgissait et les manifestants se précipitaient vers un nouveau lieu. En face, des forces de police épuisées et nerveuses ne savaient plus où donner de la tête.

Les CRS ont donc bloqué les ponts. Et le ministre ayant, à cette heure, rendu sa liberté à son chauffeur, était redevenu un Parisien comme les autres, c'est-à-dire un suspect. Il avait fallu parlementer. Protester qu'il n'avait rien à voir avec les jeunes gens débraillés qui menaçaient la sécurité des biens et des personnes. Son costume-cravate avait convaincu les forces de l'ordre ; il avait pu emprunter le pont de la Concorde.

Le ministre est intarissable. Il cause, il cause, et il ne voit pas le temps passer. C'est en apercevant le chef de rang pousser son chariot de fromages qu'il se rend compte que la soirée est déjà très avancée. La cire s'est mise à pleurer sur les bobèches. Pourquoi la jeune Évelyne n'est-elle pas encore là ? Elle aura peut-être eu des difficultés pour venir jusqu'à la rue de Rivoli ? Aurait-elle croisé un groupe d'étudiants fanatisés qui aura tenté de la rallier à leur cause ? Ce retard l'inquiète. Une jeune femme seule dans des rues agitées par un vent libertaire, ce n'est pas raisonnable. Il se console en observant J. Paul Getty qui termine son dîner dans la plus grande solitude. Ce n'est pas lui qui connaîtra une telle bonne fortune. Le pétrole n'achète pas tout.

Les jambes interminables de la jeune élève du Conservatoire ont pourtant franchi la Seine depuis un certain temps. Hésitant devant le comptoir désert où nul réceptionniste, nul concierge, n'était là pour la guider, elle s'est dirigée vers le bar, pensant que c'était là que se retrouvent forcément deux êtres qui tiennent à garder les apparences de la civilité, quelle que soit la suite des événements. On a le droit de boire une coupe de champagne avant de devenir une chienne.

Elle ignore quels atermoiements ont précédé son arrivée.

Lucien, au moment où le directeur était venu l'avertir de l'arrivée imminente de l'amie du ministre, s'était indigné : *Un palace n'est pas un claque.* Il avait invoqué l'autogestion, qui l'autorisait à décider seul de la façon de faire son métier. L'autogestion ? Le directeur était tombé des nues, convaincu qu'on en avait déjà fini avec cette mauvaise plaisanterie. Et c'est Lucien Grapier qui lui parlait à cet instant d'autogestion ? Si lui aussi s'y mettait, à qui se fier ? Les poules avaient donc des dents aujourd'hui ?

Le concierge n'avait pas faibli et avait donc trouvé urgent de déserter son poste pour relire le dernier numéro de *Point de vue-Images du monde* dans le vestiaire du personnel. Dans sa fonction, cette occupation relevait, au minimum, de la formation continue. Dans ses pires cauchemars, il accueillait une reine en exil sans la reconnaître et lui donnait du «Madame» au lieu de «Majesté». Ou bien il omettait de s'adresser à un duc anglais en l'appelant «Your Grace», ce qui menait le client aux portes de l'apoplexie. Ou bien encore il laissait une meute de photographes s'engouffrer dans l'hôtel parce qu'il n'avait pas su reconnaître, derrière une paire de lunettes fumées, une star de Hollywood en vacances à Paris.

Hormis les deux barmen, seul un jeune homme au teint pâle peuplait la pièce. Personne, parmi le personnel goguenard qui ne l'appelait plus qu'Hubert-Transistor, ne s'était avisé que le stagiaire était fort joli garçon. Ils ne l'avaient jamais eu à la bonne, ce pistonné, cet héritier né avec une cuiller en argent dans la bouche, quand eux avaient dû trimer, à la dure, se faire une place à force de courbettes et de reins cassés par les efforts, gravir patiemment les échelons de l'hôtel. Ils ne l'avaient pas seulement regardé, préférant se moquer, se gausser derrière les portes closes.

Mais Évelyne, qui savait à peine ce qu'était l'autogestion et n'avait qu'un intérêt très vague pour la crise sociale du moment (dont la seule conséquence directe sur sa vie était que le théâtre où elle jouait chaque soir un second rôle de domestique à la vertu peu farouche avait fermé ses portes jusqu'à nouvel ordre), tomba tout de suite sous le charme de cet inconnu.

Lequel eut la bonne idée, la voyant un peu perdue, de lui offrir aussitôt un verre. Qu'elle accepta en se disant que cela donnerait au ministre le temps d'arriver. Sans doute était-il retenu à la Chambre par une discussion avec des parlementaires. Ou bien en train de raconter par téléphone un mensonge à son épouse pour excuser son absence. Ou encore en train de préciser à son chef de cabinet qu'il serait injoignable dans les prochaines heures. Dans ce domaine, l'imagination des hommes mariés est sans limites. À vingt-trois ans à peine, Évelyne le sait très bien. Le ministre lui a promis que, sitôt nommé au portefeuille de la Culture, il fera en sorte que son jeune talent – jeune mais déjà immense, cela va de soi – soit reconnu. Il ne lui a toutefois pas caché que l'actuel titulaire s'accroche à son maroquin, et qu'il faudra savoir être patiente. *Ne t'en fais pas mon chou, Malraux n'est pas éternel*, lui répète-t-il souvent, à l'heure de se rhabiller. L'éternité étant une notion assez floue à son âge, elle dodelinait de la tête et lui faisait confiance.

Sylvain leur a servi deux coupes de champagne. Avec sa longue habitude des clients, il peut sans se tromper dire ce qui va se passer dans les minutes qui viennent : ces deux-là vont se sourire, se plaire et partir ensemble. Et que pour une fois son bar ne soit pas le théâtre d'une conclusion (d'une Meuriciade ou d'une négociation internationale) mais celui d'un commencement le réjouit.

213

En effet. Hubert et Évelyne, sitôt assis, sont comme aimantés l'un par l'autre. Il faut ajouter que le stagiaire n'a pas résisté au plaisir d'apprendre à la jeune femme qu'il n'est autre que le petit-fils du propriétaire de cet établissement ; et qu'il est donc auréolé du charme que possède tout individu à la fortune certaine. Un homme d'affaires, se dit Évelyne, c'est beaucoup plus rassurant qu'un homme politique. Son sort ne dépend pas des états d'âme des électeurs. À ce garçon qui est célibataire, elle peut réclamer son avenir.

C'est main dans la main qu'ils ont, peu avant onze heures, poussé ensemble la porte-tambour du Meurice.

Dans le restaurant, le ministre s'impatiente. Il ne va tout de même pas dormir seul dans la plus belle suite de l'hôtel. Ce serait un beau gâchis. Et puis il commence à en avoir assez de ce flot de questions que lui posent les dîneurs. *Pourquoi le pouvoir continue-t-il à se taire ? Quand le Général va-t-il s'adresser aux Français ? Pourquoi n'envoie-t-on pas des camions militaires approvisionner en essence les stations-service ?* Comme si le pouvoir était vacant et que les dés roulaient sur la table sans même qu'on daigne les regarder. Il n'est pas ministre des Transports. Il n'est pas non plus porte-parole du gouvernement. Il n'en sait pas plus que ces gens qui le harcèlent de reproches. Qui ont le mot «laxisme» au bord des lèvres. Au vrai (mais qu'on ne compte pas sur lui pour l'admettre), il est comme les hommes politiques de tous bords : complètement dépassé par les événements.

Denise a déserté son vestiaire le temps d'aller répondre au coup de fil urgent qui venait de parvenir à la réception. Elle est revenue à la salle à manger avec des pupilles dilatées par l'angoisse. En quelques mots fébriles, elle explique la situation à Roland, qui est en train d'empiler les assiettes à fromage sur une desserte. Son mari a été blessé dans les affrontements entre étudiants et forces de l'ordre. Un pavé lui a ouvert l'arcade sourcilière et a provoqué un traumatisme crânien. Il a été transporté à l'hôpital Laennec. Elle doit s'y rendre sur-le-champ. Elle s'excuse de ce départ impromptu, qui n'est pas dans ses habitudes.

Roland écoute ces phrases hachées avec un vague sentiment de culpabilité. Pourvu que son fils ne soit pas le jeune imbécile qui a lancé ce pavé ! Le personnel du Meurice est une grande famille où l'on mutualise les chagrins. Mais Roland, si disert lorsqu'il s'agit de haranguer une foule de salariés, se trouve soudain muet face au malheur qui frappe sa collègue. Il n'a plus envie de taquiner la Chouette.

C'est bien sûr l'heure la plus mal choisie pour se passer d'une dame-vestiaire. Les clients ont presque terminé de dîner et vont d'un instant à l'autre réclamer leur manteau. Les nuits sont encore fraîches en cette saison. Cette absence va donner lieu à des confusions regrettables. Les poches du ministre contiennent peut-être des secrets d'État qui ne doivent pas tomber dans n'importe quelles mains. Roland est catastrophé. Cette journée qui s'annonçait si belle est en train de tourner à la déroute.

Il transmet la nouvelle au directeur, attablé avec ses homologues. Il y a donc des affrontements très violents en ce moment même au Quartier latin ? *Hubert, transistor!* glapit le directeur. Il a crié tellement fort que sa requête est parvenue jusqu'au Fontainebleau, où le barman sait bien que le stagiaire n'apportera plus jamais de transistor. Sylvain s'est emparé de l'objet qui traînait sur la table basse, l'a apporté au directeur – un peu vexé d'être ravalé au rang de stagiaire, lui qui côtoie à longueur de temps les plus grandes célébrités de la planète, lui dont le nom est associé à la renommée de l'hôtel.

— Je ne vois pas de solution, dit le maître d'hôtel d'un air sombre.

— Il y a toujours une solution, proteste le directeur avec énergie. Je vais remplacer Denise le temps qu'il faudra. Il faut que rien n'entrave la bonne marche de l'hôtel. Cela ne doit pas être très compliqué de récupérer un ticket et de trouver le bon cintre. Cela va me rajeunir : savez-vous qu'en sortant de l'école hôtelière, j'ai fait un stage au Beau-Rivage de Lausanne et que l'on m'a affecté au vestiaire les deux premières semaines ?

Il y avait au Moyen Âge, à l'approche du nouvel an, une journée des fous. Ce jour-là, dans les églises, dans les abbayes, dans les monastères, la hiérarchie religieuse valse dans la liesse. (Le refrain est connu, j'espère.)

Les employés se regardent. Cette décision force leur admiration. Le directeur est donc si dévoué à son hôtel qu'il est prêt à endosser l'uniforme le plus modeste, à jouer le rôle le plus médiocre, à accomplir la tâche la plus subalterne pour que la grande machine ne s'enraye pas ? Quel panache ! Cet homme n'aurait pas l'orgueil puéril et sot de ceux qui veulent à tout prix rester à leur place ? On a beau entendre que les patrons sont tous des brutes et qu'il est urgent de s'en passer, ils ont, eux, hérité d'un type épatant.

Aussi est-ce sous les regards respectueux de ses employés que le directeur s'est installé dans le vestiaire tenu par Denise. Il y accomplira sa tâche avec un sérieux et une dignité qui auraient plu à la titulaire du poste, si elle avait pu le voir. Les clients repartiront avec leurs effets. Les cintres redeviendront célibataires. Le service ne sera pas perturbé. Depuis ce matin il a livré tant de batailles que celle-ci lui paraît dérisoire. Si on lui disait qu'un plongeur manque en cuisine, il retrousserait les manches de son costume et se saisirait d'une éponge. Il y a une certaine noblesse à affronter le trivial.

Il était dit qu'en cette folle journée, les rôles ne cesseraient jamais d'être redistribués par un metteur en scène invisible.

Les homologues ont récupéré leurs manteaux et s'apprêtent à quitter l'hôtel. Plaza, Ritz, Prince de Galles, Crillon, Lutetia, Raphaël et Bristol ont été stupéfaits de trouver Meurice au vestiaire. Ils n'ont rien dit, de peur de le vexer. Mais, à leurs regards sans équivoque, on comprenait bien qu'ils pensaient tous que l'avenir égalitaire avait gagné la partie. Les chefs de rang comme le directeur sont soulagés de voir partir ces concurrents qui n'ont pas cessé, pendant tout le dîner, de chipoter le contenu de leur assiette. De trouver la viande trop cuite, le consommé pas assez salé, la crème chantilly insipide. Ces critiques mesquines les ont blessés. Qu'ils retournent donc à l'Espadon ou ailleurs si on y mange mieux !

Le ministre a trop mangé et trop bu. Il se sent lourd, il se sent seul, il se sent vieux. Il se décide à terminer sa soirée au Fontainebleau en buvant une tisane. Mieux vaut prévenir la dame-vestiaire qu'il sera au bar, au cas où Évelyne arriverait enfin. Au vestiaire, c'est le directeur qui l'accueille – et lui promet bien sûr de transmettre le message. Le ministre n'est pas seulement surpris que l'on ait remplacé une employée par son chef ; il est aussi un peu vexé de lui avouer que son amie n'a toujours pas donné signe de vie.

Sylvain s'étant absenté, c'est la jeune recrue qui tient le bar. Il voit bien que ce client a l'air tracassé. Personnalité qui veut passer inaperçue ou anonyme qui veut être traité comme une personnalité ? Sylvain n'est pas là pour mettre un nom sur ce visage. Dans le doute, il décide d'être aussi efficace et poli que possible. Il dépose une théière fumante devant le ministre, lequel l'interroge à tout hasard. *Vous n'auriez pas croisé par hasard une jeune femme rousse aux jambes interminables ? – Parfaitement !* s'exclame la nouvelle recrue, tout heureux de pouvoir rendre un service supplémentaire au client. *Elle était encore ici il y a quelques minutes. Elle a bu trois coupes de champagne avec le stagiaire de l'hôtel, et ils sont repartis ensemble.* Assortissant sa phrase d'un clin d'œil grivois, il ajoute : *Entre nous, je crois que leur nuit va être assez agitée, si vous voyez ce que je veux dire. Et cela n'a rien à voir avec les pavés du Quartier latin…*

Le ministre voit très bien ce qu'il veut dire. Et ce qu'il voit ne lui plaît pas du tout. *Comment s'appelle-t-il, ce stagiaire? – Je ne sais pas, ici tout le monde le surnomme Hubert-Transistor, parce qu'il passe son temps à apporter au directeur son poste de radio. Je crois qu'il est le neveu ou le petit-fils du propriétaire de l'hôtel, c'est pour cela qu'il fait son stage chez nous.*

Sylvain, qui vient de regagner le bar, a entendu la fin de cet échange et compris immédiatement l'étendue du désastre. Quelle idée il a eu d'engager ce garçon formé au Royal! Au terme des entretiens d'embauche qu'il avait fait passer aux candidats («créatif, dynamique, autonome et polyvalent, vous savez placer le client au centre de vos attentions», précisait son annonce), il avait hésité entre deux jeunes gens. L'autre venait du Ritz. C'est lui qu'il aurait dû choisir. Un barman formé dans un hôtel où la devise du personnel est «Voir, entendre, et ne jamais répéter» n'aurait jamais fait une telle gaffe.

Il fusille du regard ce jeune inconscient qui vient de les mettre dans un joli pétrin. Il lui avait promis que ses six mois au Meurice se transformeraient probablement en vingt ans, car on sait quand on entre ici mais jamais quand on en sort, il avait même caressé le projet d'en faire son successeur le jour où il partirait à la retraite. Ce château de cartes de projets vient de s'écrouler.

D'autorité, Sylvain a servi une coupe de champagne au ministre, car il sait par expérience que l'alcool console mieux des chagrins d'amour que la tisane.

La jeune recrue ne comprendra jamais, et il se reposera la question dans toutes ses places suivantes, au Bristol, au Raphaël et enfin à l'hôtel du Cap, de savoir pourquoi son supérieur lui en a tellement voulu ce soir-là. N'a-t-il pas mis le client au centre de toutes ses attentions ?

Aristide Aubuisson n'arrive pas à trouver le sommeil. Il faut dire que le client de la 616 n'a pas voulu prendre les calmants prescrits par le médecin. Il sait que ces petites pilules roses le plongeraient dans une douce léthargie qui finirait par se transformer en un sommeil de plomb. Or lui veut profiter de chaque minute passée au Meurice, ne surtout pas rater une miette de cette parenthèse enchantée.

Et puis cette histoire de maison de campagne de Madame Gould le tracasse. Il redoute que cette femme charmante ne tombe entre les mains d'un escroc qui lui vendra une propriété pleine de défauts pour une petite fortune ; et qu'elle se fasse donc une idée fausse de sa région, qui est pourtant l'une des plus belles de France. Il voudrait lui proposer de se charger lui-même des visites, ce qui éviterait les entourloupes.

L'affaire lui semble si urgente qu'il décide d'aller la voir sur-le-champ. Le médecin dirait que ce n'est pas raisonnable, qu'il faut garder la chambre, qu'il n'est pas en état de galoper dans les couloirs interminables d'un grand hôtel. Mais le moribond courageux n'a plus le temps d'être sage. Aussi emprunte-t-il, vêtu de son pyjama et de sa robe de chambre, l'escalier qui mène au deuxième étage. La tête lui tourne un peu mais il ne pourrait plus se regarder dans une glace s'il ne rendait pas ce service à l'hôtesse qui l'a reçu.

Il frappe à la porte de la 250 mais personne ne lui répond. Ce qui l'agace, car il considère que ce qu'il doit dire à Florence Gould est urgent. Il s'enhardit et entre quand même. Il met quelques secondes à comprendre ce qu'il voit. Sous ses yeux ébahis, la milliardaire et son chef de rang attitré s'embrassent goulûment. Aristide se ressaisit et songe qu'il a mal choisi son moment. Il referme la porte puis, pensif, remonte vers sa chambre. Le notaire honoraire de Montargis fait partie des êtres qui se réjouissent du bonheur de leurs semblables. Aussi sa découverte le plonge-t-elle dans une allégresse presque égale à celle qu'il a éprouvée dans le salon Tuileries. Madame Gould avait l'air si triste et si seule tout à l'heure à déjeuner, tant mieux pour elle si elle a trouvé un peu de réconfort et de tendresse dans cet hôtel. La vie réserve des surprises, se dit encore Aristide. Chaque jour qui passe apporte son lot de tracas mais aussi sa moisson de petites joies. Cette réflexion optimiste le réconforte. Il n'a toujours pas sommeil.

C'est Roland qui a eu l'idée. Les chefs de rang finissaient de débarrasser les tables, avant de les préparer pour le petit déjeuner du lendemain. Les sommeliers rebouchaient les bouteilles. Le barman, ayant donné son congé à la nouvelle recrue si décevante, achevait de faire son inventaire. En cuisine, on grillait des cigarettes pour fêter la fin de la plonge. Les gouvernantes avaient vérifié que tous les désirs des clients, au seuil de la nuit, avaient été exaucés. Le pianiste était reparti vers la banlieue, à moins qu'il ne poursuive sa nuit dans un club de jazz de la rive gauche. Le directeur avait rendu à chacun son manteau et était prêt à jurer sur la tête des actionnaires qu'il n'avait commis aucun impair.

C'est donc Roland qui a proposé d'organiser une nouvelle assemblée générale. Ici et maintenant. La proposition a été accueillie avec certaines réticences. Les paupières des chefs de rang tombaient de fatigue, les bras des femmes de chambre étaient saturés de crampes, les jambes des garçons d'étage percluses de courbatures et même les chasseurs qui n'avaient pas eu grand-chose à faire aujourd'hui demandaient grâce. Minuit allait bientôt sonner. Ils étaient tous épuisés. La plupart d'entre eux allaient devoir passer la nuit ici, faute de moyens de transport; ils savaient qu'à l'aube, ils seraient aussi fatigués que la veille, n'ayant pas vraiment trouvé le repos sur les canapés raides des salons – le faux Louis XVI étant, c'est bien connu, beaucoup moins confortable que le vrai second Empire.

Roland a insisté. Il avait des choses importantes à dire à ses collègues. Le directeur s'est aussitôt levé :

— Vous préférez que je sorte de la pièce, je suppose ?

— Pas du tout, vous pouvez rester avec nous, a répondu Roland, qu'on avait connu plus soucieux de cultiver l'entre-soi des employés.

Ils se sont tous retrouvés dans la salle du restaurant à présent désertée par les clients.

Le représentant syndical prend la parole. Il explique que l'expérience qu'ils ont vécue aujourd'hui fait honneur à l'entreprise; que chacun a prouvé, à sa façon, qu'il n'est nul besoin d'ordre, d'autorité, de hiérarchie pour que l'hôtel fonctionne et que les clients soient satisfaits.

— Mais, ajoute-t-il en se raclant la gorge (comme c'est désagréable de renoncer à un rêve), il faut aussi reconnaître que cette expérience n'aurait jamais fonctionné sans l'aide de notre directeur, qui a montré qu'il était toujours présent en cas de problème. Et donc, si vous en êtes d'accord, je propose de voter une motion qui mettrait fin à l'occupation du Meurice par son personnel.

Le directeur-sur-le-point-de-le-redevenir le regarde avec reconnaissance.

En face de Roland, les employés paraissent hésitants. Ils sont exténués. Peut-être en effet est-il temps de sonner la fin de la récréation, de refermer la parenthèse, de se débarrasser des oripeaux de la journée des fous.

Soudain, les appliques de la salle à manger se mettent à clignoter, prises de frissons inhabituels, puis s'éteignent complètement.

— On prolonge la grève à Porcheville, remarque un chasseur.

— Cela veut dire que l'ordre est loin d'être rétabli, ajoute une femme de chambre.

— Et que le pays continue à revendiquer, conclut le comptable.

Tous, ils se tournent vers leur représentant syndical qui attend leur réponse.

— Je suis contre ! s'exclame Lucien qui a constaté depuis ce matin que l'autogestion ne signifiait pas qu'il y ait le moindre point commun entre une usine de bicyclettes yougoslave et un hôtel de luxe situé au cœur de Paris ; que le marbre, l'or et le satin empêchaient toute comparaison avec la grisaille du bloc communiste ; et qu'il n'était pas désagréable, de temps à autre, surtout quand on n'avait plus vingt ans, de malmener sa hiérarchie.

— Je ne suis pas d'accord ! déclare le barman, qui se souvient que c'est le directeur qui a insisté pour recruter le jeune imbécile formé au Ritz.

— J'approuve le refus ! renchérit le chef de cuisine, encore grisé par les compliments que lui ont valu ce menu très personnel et qui, s'il en juge par les assiettes vides, a remporté un franc succès auprès des estomacs présents.

À leur tour, les employés lèvent la main les uns après les autres, pour signifier à Roland que, s'ils l'ont suivi hier à l'heure de voter l'autogestion, ils ne le suivront pas ce soir pour y mettre fin.

— Mes amis, ne baissez pas les bras ! confirme le ministre qu'on avait complètement perdu de vue depuis qu'il noyait sa déception au bar ; revenu au restaurant, il a entendu le discours de Roland et s'est dit qu'il fallait ménager l'avenir. Le directeur peut sauter à tout moment. Pourquoi se mettre à dos ses successeurs ? On a moins besoin dans la vie d'un organigramme que d'une chambre d'hôtel.

Le directeur et Roland se sont regardés. Ils auraient dû y penser. On n'abrège pas une telle expérience en une phrase. On est au XXe siècle et plus au Moyen Âge. Les fous veulent le rester quelques heures encore. Comment leur en vouloir ?

Roland comprenait ses collègues, le directeur comprenait son personnel – ces hommes et ces femmes qui avaient, eux aussi, voulu rêver le temps d'une journée, qui avaient voulu pénétrer quelques heures dans l'abbaye de Thélème imaginée par Rabelais, celle dont la magnifique devise était «fais ce que tu voudras», en ressortiraient un jour sans amertume mais ne regretteraient jamais ce bref séjour au royaume de l'Utopie.

Roland indique qu'une nouvelle assemblée générale aura lieu le lendemain matin. Les laisse se disperser, en songeant qu'il prendra des nouvelles du mari de Denise dès la première heure et en formulant une prière toute laïque pour que son fils n'ait pas été blessé dans les affrontements dont leur parvenaient les échos assourdis. Tout à coup, il est épuisé lui aussi.

Les rats sont prêts à passer une nouvelle nuit de fête à l'air libre.

Aristide Aubuisson n'arrive toujours pas à trouver le sommeil. Il a ouvert sa fenêtre et s'est mis à contempler le jardin des Tuileries et les toits de Paris. Quel chemin parcouru depuis l'époque où, jeune clerc de notaire désargenté, il devait se contenter d'hôtels minables et excentrés ! Bien souvent, le bruit des voisins le réveillait en pleine nuit, tant les cloisons étaient fines. Il revoit les papiers peints décollés par l'humidité, les fenêtres qui laissaient passer le froid glacial des hivers de guerre, les commodités nauséabondes au bout du couloir, la misère industrieuse de ces quartiers de l'Est parisien. Avec le temps, l'amertume du souvenir s'était estompée, laissant la place à la nostalgie d'un décor qui avait abrité sa jeunesse – le temps du possible.

Ce soir, il demeure dans une chambre meublée d'un faux Louis XVI prétentieux et rutilant, sa salle de bains embaume le bois ciré et de sa fenêtre, il a une des vues les plus spectaculaires sur Paris. Il n'a qu'à appuyer sur le bouton de sa sonnette pour assouvir un caprice. Ses draps seront changés demain matin.

Un souvenir soudain lui revient. En décembre 1941, il logeait dans un petit hôtel du boulevard Ornano. Il croisait souvent un couple de clients, Cécile et Ernest Bruder, qui avaient fui l'Autriche pour lui, la Hongrie pour elle, dans les années vingt. Quand ils lui avaient raconté n'avoir jamais vécu ailleurs, depuis leur mariage, que dans des chambres d'hôtel, il s'était étonné : l'hôtel se situait donc aux deux extrêmes de la fortune : soit la misère qui empêche de louer un appartement, soit le luxe qui permet de passer outre de telles contraintes.

Un jour, ils étaient venus frapper à la porte de la chambre d'Aristide pour le consulter : deux semaines plus tôt, un dimanche soir, leur fille Dora, âgée de quinze ans, n'était pas retournée au pensionnat du Saint-Cœur-de-Marie où elle était interne depuis six mois. Ils étaient affolés et impuissants. S'ils ne s'étaient pas encore rendus au commissariat pour signaler la fugue, c'était de peur d'attirer l'attention sur elle : Ernest Bruder n'avait pas déclaré sa fille lors du recensement des Juifs en octobre 1940. Il pensait qu'une élève d'un collège catholique était à l'abri d'éventuelles persécutions.

L'anxiété de ces parents sans nouvelles de leur fille unique avait touché Aristide. Il comprenait leurs réticences. Aller se jeter dans la gueule du loup, était-ce bien raisonnable ? Les temps étaient chargés d'une violence neuve et insupportable, qui avait pour noms le couvre-feu, les rafles, les arrestations arbitraires. L'hôtel était si modeste qu'il ne disposait même pas d'une ligne téléphonique. Aussi leur avait-il fait une suggestion. Pourquoi ne pas publier un avis de recherche dans un quotidien très lu, par exemple *Paris-Soir* ? C'est ce qu'ils avaient fait. L'annonce était parue le 31 décembre 1940. « On recherche une jeune fille, Dora Bruder, 15 ans, 1m55, visage ovale... »

Au mois de mars 1941, Aristide Aubuisson avait quitté Paris. Peu de jours avant, on était venu arrêter Ernest Bruder, qui était toujours sans nouvelles de sa fille. Il s'était finalement décidé à signaler la disparition de Dora au commissariat du quartier Clignancourt : cette déclaration avait-elle précipité son arrestation à une époque où la discrétion était un gage de survie ?

Une charge de notaires à Montargis venait de recruter l'enfant du pays. Il s'était enfoncé, englué, perdu dans une existence monotone, faite de devoirs et de distractions prévisibles. Il avait été un notaire scrupuleux. Il avait vendu des maisons, réglé des successions, signé des contrats de mariage. Il n'avait jamais raté les réunions du club de bridge les dimanches après-midi. Il avait accepté deux fois par an l'invitation de Monsieur le Maire et de Madame à déjeuner. Il avait passé chaque Noël avec sa mère, qui ne l'en avait jamais remercié et avait fini par quitter ce monde à la veille de ses quatre-vingt-dix ans. Il avait joué son rôle de notable, conscient que sa postérité serait nulle et son existence, en dépit de son lustre local, négligeable.

Pourtant, il n'avait jamais oublié ce temps étrange de l'Occupation, l'hôtel minable du boulevard Ornano et la disparition de cette jeune fille. Avec les années, cette affaire avait pris du relief dans sa mémoire. Sa vie ultérieure avait été si terne ! De loin en loin, il avait repensé à la jeune Dora Bruder, se demandant si elle avait finalement réapparu boulevard Ornano.

Et voilà que ce soir, ce souvenir vient le hanter. Est-ce qu'un fait divers peut faire un bon roman ? Aristide se désole à cet instant de ne pas être écrivain. Puis il se souvient du lauréat de ce déjeuner : il aimerait lui parler de cette affaire. Il se souvient bien de ses propos : bien que né après, la période de la guerre l'intéresse au plus haut point. « Ma nuit originelle », a-t-il dit. Patrick Modiano, cet écrivain qui avoue chérir l'ombre, vénérer l'ambiguïté, le mystère, le trouble, devrait être intrigué par la fugue d'une jeune fille de quinze ans dans un Paris occupé par les Allemands. Il pourrait sans doute lui suggérer d'écrire cette histoire. Peut-être même retrouvera-t-il la trace de Dora, qu'on découvrira mariée au fond d'une paisible province française et mère d'une nombreuse descendance ? À cette idée, le notaire honoraire ne peut s'empêcher de sourire. Il a souvent pensé au chagrin inquiet des Bruder. Oui, il a très envie de revoir ce jeune homme singulier. Dès demain, Aristide demandera à Florence Gould son numéro de téléphone. Il proposera à l'écrivain de venir prendre une tasse de thé au Meurice. Ce sera encore une journée mémorable.

Pour la première fois depuis longtemps,

Aristide Aubuisson s'est couché avec l'impatience du lendemain. Les guérisons ont souvent cette sorte de préliminaires. La vie vous fait de ces surprises.

Composition MAURY-IMPRIMEUR
45330 Malesherbes

Cet ouvrage a été imprimé par
CPI BRODARD ET TAUPIN
pour le compte des Éditions Grasset
en juin 2017

Grasset s'engage pour
l'environnement en réduisant
l'empreinte carbone de ses livres.
Celle de cet exemplaire est de :
600 g Éq. CO_2
Rendez-vous sur
www.grasset-durable.fr

PAPIER À BASE DE
FIBRES CERTIFIÉES

N° d'édition : 19978 – N° d'impression : 3023539
Dépôt légal : août 2017
Imprimé en France